Éditions DIASPORAS NOIRES

www.diasporas-noires.com

©Mory Verbivor 2017

ISBN version numérique : 9791091999755
ISBN version imprimée : 9791091999762
Date de publication numérique : 14 Janvier 2017

Mory Verbivor

Le silence de Kama

Même les murs en parlent

Roman

À ma muse
À tous mes Amis

Première partie

Chapitre 1

« Trois mille six cents fois par heure, la Seconde
Chuchote : Souviens-toi ! - Rapide, avec sa voix
D'insecte, Maintenant dit : Je suis Autrefois,
Et j'ai pompé ta vie avec ma trompe immonde !
Les minutes, mortel folâtre, sont des gangues
Qu'il ne faut pas lâcher sans en extraire l'or. »
Charles Baudelaire « les Fleurs du mal ».

Il murmure ces quelques vers dès son réveil, hésitant, un peu trop tôt pour débuter la matinée sous l'effet de l'inspiration. Des mots qui résonnent, qui cognent comme des êtres animés, qui libèrent les maux tus et les douceurs tristes. Un esprit vivant. Un personnage figé. Un réel insensé. Une image floue, illogique, non-sens. Il décrit tout en bonne humeur dans son bloc de feuilles vives d'une blancheur festive. Il déambule torse nu, sa poitrine presque plate. Un corps squelettique, la taille fine. Le visage illuminé comme si on lui faisait une révélation divine.

Pourtant à peine réveillé le lit presque défait de ses draps blancs sans tâche, immaculés, reflétant la lumière d'un lampadaire en forme de cône. Telle une tasse renversée, une pyramide sans sommet, une douce lumière rayonne et projette partout ses rayons jaunes d'ambre moutarde.

La nuit fait encore sa loi du silence et de l'ombre avec un ciel vidé à peine visible, prêt à s'étendre à son tour. Un sentiment matinal domine l'ambiance. Un mélange de couleurs ambigües et sobres détrône la reine lune de sa poésie. L'horloge égraine de petites bulles de secondes maraudeuses et profanes, précises et répétées, comme des monstres enragés, dans un rythme saccadé. Semblable à un bruit de bottes en marche ou de sabots endiablés au bord des dernières ruines nocturnes de la ville.

Nadjirou choisit toujours cet instant pour libérer son inspiration stagnante devant toute cette poésie. Elle se déverse imprévisiblement en flot sur ses pages avec l'énergie du moment qui absorbe les sens. Il sent l'atmosphère craquer à travers le souffle du vent, Le silence des arbres dominer et la nuit purifier les parfums. Une musique sinistre, amoureuse et volatile tue les secondes peu à peu dans un vide en concert. Et la symphonie se déchire par un quelconque mouvement sourd. Chaque chose, parfaitement à sa place. Le moindre bruit provoque une détonation. Une extrême folie qui réveille le monde entier. Il veut vaincre cette sensation normale de crainte du temps, ce temps matinal, cette brise triste, cette ville timide qui se réveille majestueusement en douce. À peine six heures et bientôt le jour ; bientôt le soleil, les visages, les pieds, le mouvement de plus en plus rapide, la vitesse, la hargne, la rage, l'adrénaline, la fatigue dopée, la course vers le monde ; bientôt les salutations, les angoisses, les gentillesses, les galanteries, l'amour, les politesses, les amitiés…

Il s'imagine alors martien, extraterrestre ! En déduit que la terre est folle, que les hommes sont chosifiés, qu'ils se cachent, qu'ils s'acharnent à l'épuisement, qu'ils souffrent… Ce bouleversement inédit les verse dans l'insouciance la plus absolue.

Nadjirou ressent cette prophétie par un murmure animal au fond de son ventre avec de petites créatures grondant de faim. Quelques mots bien formulés lui viennent à l'esprit : des vers simples et nostalgiques. Et continue la rêverie poétique ! Elle ne s'arrête plus. Elle transcende ses poumons, se glisse dans son cœur, ses tripes spirituelles. Elle se mêle au sang pour envahir et emporter tout son esprit vers un univers complexe, une sorte de bien-être, de suffisance profonde, une suprématie légitime accueillant un jour nouveau.

Il étire alors ses longs bras minces, ses jambes poilues et son bassin, ensuite enchaîne avec des exercices abdominaux moins rigoureux que d'habitude pour réveiller son corps définitivement de l'ambiance d'une nuit mourante. Puis il enchaîne par un dernier mouvement de tout son corps : son cou, ses pieds, ses genoux, sans faire tomber ses énormes lunettes, signe d'un lecteur assidu. Il sent ses os se desserrer par des claquements brusques et toute la fatigue de l'effort physique qu'il impose à sa poitrine plate, à ses joues creuses, à son nez écrasé, à ses yeux profonds et myopes… Son front lisse, sa tête bien rasée dissimule la partie chauve, enfin il se dirige nonchalamment sous la douche.

Un appartement de trois chambres, un salon au centre où se dresse l'équipement adéquat : tableaux d'art contemporain, sculptures, masques évoquant un univers abstrait de l'imagination et des croyances africaines.

La télé, la bibliothèque complètent le décor. Un décor aussi du plafond avec un énorme appareil en forme d'ancre renversée éclairant les couleurs soigneusement choisies par Madame. Mais les livres dominent dans l'appartement. Ils sont à même le sol, entre les meubles… Au centre d'une table, sont superposées les revues mensuelles de Madame. La cuisine donne sur une impasse où le linge sale est rangé. De sa chambre un petit balcon s'ouvre au reste de la ville. Il donne une splendide vue des rues et des avenues de Dakar.

Dakar, l'héritage colon ancré dans le quotidien de ses ex-indigènes : un réveil en douceur, un peu de sport, un bon bain chaud, un café fumant, siroté tout doucement devant son journal au moment où la ville se réveille.

De son balcon, Nadjirou scrute encore silencieusement ce quartier. Un merveilleux labyrinthe architectural de bâtiments, de monuments et de jardins publics. Un décor particulier de ruelles désertes, d'immeubles verts, bleus, rouges, de toutes les couleurs arc-en-ciel modernes. Une vue extérieure panoramique des quartiers environnants aux détails du minuscule visible, en grain de lumière jaune pointue comme des yeux de lynx.

De temps en temps, le démarrage de voitures déchire ce silence. Elles finissent grondant de moins en moins fort pour se perdre dans l'immensité des rues. Il se brosse les dents, asperge son visage d'eau douce, applique sur ses joues de la pommade et gagne la cuisine.

Une dizaine de minutes alors, il finit de se préparer une tasse de café. Il se dirige ensuite vers le salon pour reprendre le livre qu'il lisait la veille. En y ajoutant un peu de sucre, il remue le tout tendrement et évite les claquements de sa petite cuillère contre la tasse car Madame dort toujours d'un sommeil profond.

Au bout d'une demi-heure, la vraie couleur de chaque chose apparait. Alors il contemple ce luxe accessible, cette bourgeoisie moyenne, cette ville où le soleil se lève tout calme et enthousiaste d'embellir l'humeur pour en ressortir un peu de beauté. Visitant coin et recoin avec des yeux stupéfaits, avec la frayeur du grandiose qui laisse paraître un sentiment bizarre, l'air souriant, la bouche ridiculement entrouverte, il suit des yeux chaque passant. Puis tout en silence ils se font des signes de la main comme s'ils se connaissaient, simple réflexe culturel pour de parfaits inconnus. Le scepticisme intellectuel le prend souvent dans des suppositions déplacées. Mais il se fie à ses premières impressions devant ce nouveau sombre visage barbu avec son volumineux livre à la main et cet accoutrement hors du commun, son allure neutre de la mode, sa démarche ralentie aux pas réfléchis, son pantalon qui n'atteint pas ses chevilles, ses bottes sans chaussettes. Évidemment que par simple style, on peut reconnaitre toutes les passions et les émotions cachées. Ainsi par le style, ils portent tous des masques, soit pour figurer étrangement dans le registre des étiquettes ou pour se fondre dans une masse : le grand théâtre du mensonge des sourires et des acteurs parfaitement comiques. Par ailleurs il se rappelle de la suite de son poème, d'elle, de la promesse que la vie n'a jamais tenue pour lui en particulier ; une promesse que tout cœur espère après tant d'années vécues, d'expériences, d'interrogations, de solitude, de non-sens, de contradictions, de crainte du su, tu et de l'inévitable.

Presque huit heures, déjà ! L'heure d'aller au travail. Il met son costard rouge vif avec les rayures, ensuite réessaye le gris éclatant qu'il avait acheté lors de son dernier voyage à Paris, ajuste sa cravate noire avec une chemise de fond blanc et redresse son jean bleu ciel qui va très bien avec ses chaussures que Madame a pris soin de bien cirer.

Avec le souci du détail, il pense avoir mis trop de couleurs : bleu, noir, gris, blanc alors il enlève sa cravate et se décide enfin à descendre. Oups ! Il revient prendre les clés de sa voiture, s'arrête de nouveau devant le miroir, rassuré de son style, de l'image reflétée, il ajuste ses lunettes avec un souffle détendu et se hâte vers sa voiture fredonnant, un bouquin à la main.

Chapitre 2

La ville étouffe de carbone, de klaxons à cause du monde trop pressé en retard ; le mal de l'Afrique, l'habitude nègre, le laisser-aller banal. On est peu soucieux d'arriver à l'heure. Nadjirou a pris finalement l'habitude de faire comme tout le monde. Une habitude tolérée ; très mauvaise habitude ! Il en est conscient. Peut-être, le véritable mal de l'économie. L'habitude de la dernière minute. On réinvente l'horloge en prenant tout son temps : véritable signe d'insouciance face au sous-développement avec un rythme personnel. Venir en retard, toujours pris en compte lors des réunions et on bricole toujours le travail à la dernière minute. Le comble reste les lenteurs administratives. Et, logiquement le travail de quelques heures passe au lendemain, l'absentéisme et le retard ; une tolérance devenue le cancer de notre système économique. Ce qui suffit pour rester derrière, vu que les autres vont toujours plus vite. Et mieux, ils anticipent même sur le futur et réalisent des performances au-delà même de leurs attentes avec en plus du temps gagné : « time is money ». Ils peuvent en profiter bien sûr pour d'autres activités. Nadjirou se reprend.

Le jour commence à imposer son soleil, il ouvre les vitres et patiente quelques secondes au feu rouge. La tension monte puisque tout Dakar, bien réveillé, est en retard pour se rendre au travail, à l'école ; en quelque sorte aux affaires. Les voitures explosent de leur nombre au point de créer des embouteillages monstres, en file sur de longues distances.
Tout perd trop de temps dans tout : dans les distractions, les plaisanteries amicales et les fêtes. Et s'il fallait plutôt servir avec

mérite, au lieu de leurrer tout un système, installant ainsi une médiocrité dans tout.

Le système souffre des banalités, des fantasmes, du bavardage, des caprices, des irresponsabilités et du laxisme ; causant, dans sa soi-disant sphère de cadres, tout simplement, une pollution intellectuelle c'est-à-dire des répétiteurs des connaissances acquises avec un plan de carrière et zéro pourcent de production. Une élite qui oublie le sens de la connaissance, de la vraie : la recherche et la production utile, un projet intellectuel et non pas un portefeuille plein de billets ou un plan de carrière réussi à la perfection. On remarque leur insouciance face au grand retard des états négro-africains.

Nadjirou ressent fortement l'envie de fumer pour se calmer. Mais il se rappelle des conseils de docteur FALL son médecin qui, lors de son dernier rendez-vous lui avait fait tout un exposé sur la relation entre la cigarette et l'humeur, la nicotine, la dépendance, les multiples composants chimiques de celle-ci, les cancers, les effets psychologiques. Et même des menaces sur sa fertilité à son âge ; qu'elle pourrait, en réalité, être la source de ses problèmes. Alors il décide de maintenir tous ses efforts qu'il ne cesse de faire depuis. Ces excuses pour ne pas céder à la tentation d'un art de vie qui date de ses vingt-deux ans à la fac. Une époque où il s'était fait une raison naïve et peu soucieuse que tout fumeur eut à se dire au moins une fois dans sa vie : « c'est juste une affaire de jeunesse… » Oups !
L'heure de reprendre sa liberté de résister à la nicotine encore et encore, pour son asthme et tout le reste. Déjà six mois de bataille de chaque matin, aux heures tristes d'inspiration à ne rien faire ; six mois d'hésitation, d'envie, de maîtrise agonisante, tortueuse, incompréhensible, omniprésente, maladive… Et elle, la cigarette, qui s'accroche encore et encore comme une diablesse, un fardeau vital, à la nuque. Elle résout d'une seule bouffée de fumée tout un monde d'incertitude en trouble, d'un pessimisme atroce. Elle rend

certes son corps malade, las, loque mais son esprit sain et fort à l'aise, guéri et vif, plein d'arguments à convaincre même Dieu !

Il reprend son souffle et saisit de ses deux mains le volant de sa voiture pour tourner lentement vers la gauche, ensuite ralentit exprès pour céder le passage à un véhicule spécial qui montre tous les honneurs et la fortune d'un pays pauvre. Un de ces prestiges des élus du nouveau gouvernement avec une escorte : anges serviteurs ! Une ascension brutale, inespérée, arrachée orgueilleusement comme une part du gâteau après avoir rusé, tué, sacrifié, marabouté, volé avec une stratégie des promesses et de la vertu du désintéressement intéressé. Une fois le projet accompli, ils changent de visage, de masque, de style, d'amis. Ils s'inventent de nouvelles idées, un nouveau cadre de vie typiquement africain : cérémonie sur cérémonie...

Le pouvoir les enivre même quand ils sont sobres. Une fortune de prince en l'espace de quelques années estimée à des milliards. Des biens ramassés un peu partout qui sentent une série de pots-de-vin et une mafia fiscale avec des montages juridiques bien ficelés. Oups ! Le peuple manque toujours de preuves.

Nadjirou a l'impression de se morfondre dans ses pensées idylliques d'un monde meilleur. Alors il allume la radio pour se changer les idées décourageantes comme tout citoyen.

Il ne faut surtout pas gâcher son bonheur matinal car la politique est devenue un simple business. En plus des faveurs luxueuses d'un cadre de vie pour servir le pays, ils mettent en place un jeu d'échecs où les plus faibles périssent. Tout le monde sait ce qui se passe ; tout le monde devine leurs intentions ; tout le monde reste sceptiques face à leur façon de faire, leurs beaux et rassurants discours. Il n'est point difficile de comprendre qu'une grande conspiration « d'oiseaux de même plumage » ne va laisser aucune preuve devant une économie ruinée d'avance. La grande bataille contre les dettes laisse plus de chance à la crise, à la hausse des denrées de première nécessité ; donc un leurre de prétendre les diminuer. Au même moment l'intelligence garde sa salive encore chaude et ravale sa colère sans la manifester. Ils oublient qu'ils ne peuvent rester éternels.

Ce sentiment d'injustice sociale languit davantage l'esprit de Nadjirou. Pourtant lui, qui était bien parti ce matin, inspiré, confiant, retrouvant même ses sensations poétiques, d'homme lucide d'esprit, d'une force tranquille, prêt à refaire le monde de mots, avec ses tas de théories sur le véritable fondement de la dignité humaine. Cet univers poétique bascule soudain. Il se rend compte qu'il est lui aussi, naturellement, emporté par cette maladie de tout un peuple : le syndrome « être en retard au travail » !

En traversant la ville et durant tout un moment de concentration, il se souvient qu'elle lui reproche toujours le fait de ne pas fermer la porte à clé.

Il pense à elle, à ses habitudes fantaisistes, à ses humeurs imprévues tantôt désagréables et déplacées, à toutes ces années ensemble, quinze ans presque d'une routine maladive et désagréable. Un rituel d'analyses, de tests, de rendez-vous, de médicaments qui n'en finissent pas ; et puis ces tromperies, ces caprices, ces ruptures, ces réconciliations, ces folies ; faut-il encore recoller les morceaux ?

Il manque de naturel sur leurs visages, leurs actes, leurs mots retenus ; ce silence monstrueux qui évite les regards pénétrants de l'un sur l'autre. Ce petit regard des yeux dans les yeux qui révèle la pensée, tue quand elle se charge d'émotion. Ils nient l'évidence, dissimulent les gestes, mesurent les paroles et contournent la vérité qui les blesse au fond.

Nadjirou ne veut pas se prononcer en premier. Ces intempéries conjugales ont installé un sentiment de culpabilité des deux côtés.

Il se met en colère avec des crises de nerfs exprès souvent, pour installer le doute sur une probable séparation désintéressée mais inévitable. Et puis sa copine Fatima lui pourrit l'esprit. Elle a osé lui dire la vérité sur ses tromperies, peut-être ; et puis tant mieux se dit-il…

Nadjirou zappe la radio et prend de plein fouet une voix soft jazzique qui bat sur un rythme lent, tout doux, un genre particulier : voix sèche, guitare et percussion. Une originalité de la musique simple sans bruit. Il augmente alors le volume tout en hochant finalement la tête ; tout simplement envouté puis il voit son téléphone vibrer : c'est Mr KAMARA ! La réalité lui rappelle que sa journée va être vraiment chargée. Il faut réviser un tas de dossiers avant de les soumettre. Une série de projets avec toutes les exigences déontologiques.

Mr Kamara est en quelque sorte son supérieur hiérarchique au sein de l'entreprise. Un homme que tous trouvent vaniteux, arrogant, prêt à jeter la moindre faute sur autrui. Son visage montre quelque chose d'étrange ; un air trop sérieux, une sorte de sérénité déguisée, des gestes programmés ; avec un mépris et une haine brillant dans ses yeux tel un fauve en chasse d'une erreur. Ses mots ternes, vides de tendresse, bouleversent l'esprit dans une prise de position. C'est le genre de personne qui a toujours raison, qui abuse de son autorité pour contrôler son entourage et qui se suffit de son expérience. Un être presque diabolique, murmurent certains. Il étouffe la paix. Il torture la bonté et méprise tous les employés surtout les débutants. On remarque toujours son sourire forcé pour dire non. Son nez écrasé d'une monstruosité et d'une laideur exagérée inspire la peur, la provocation, la violence, le dédain et cache une souffrance extrême. Il défie son entourage comme s'il voulait une reconnaissance. À l'entendre, il souffre de sa rigueur, de la ponctualité et de son intérêt pour le travail au point de faire un excès de contrôle sur le travail de chaque employé. Et sa souffrance solitaire l'engage dans une bataille psychologique avec ses collègues formant un bloc soudé et

18

solidaire pour se couvrir en cas de bêtises car, sans le savoir peut-être, le nommé bourreau du directeur général supprime les paresseux. Cette guerre déclarée, opposant le maître aux esclaves du travail, rend l'ambiance morose. Les charlatans lui manifestent une amitié pour nuire à leurs ennemis. Il boycotte même les revendications syndicales en en jugeant le fondement insensé, en affichant clairement qu'il reste contre l'amélioration des conditions de travail des employés, les primes de risques et les indemnités. Seul, contre lui–même, pour l'intérêt de la boîte.

Kamara insiste toujours au téléphone mais il ne décroche pas.

Nadjirou s'énerve. Ce n'est pas de son rôle de lui faire pression bien qu'ils doivent travailler en étroite collaboration ; il n'a jamais dépassé les délais. Ceci lui donne l'impression d'être irresponsable et parfaitement laxiste ou paresseux. Pourtant il l'est. Il considère ce genre de chose comme une insulte et refuse toujours d'être la proie de la vitesse.

Car celle-ci lui extirpe son imagination et y glisse l'angoisse, la fatigue et une énergie bizarre ; lui ôte le verbe, la passion du mot, le temps de l'errance dans la méditation fondamentale, l'inspiration vitale, la nourriture intellectuelle indispensable à son existence, l'essence de sa quiétude d'esprit, de la production intellectuelle, de l'écriture, au même titre que le travail avec la rigueur d'un soldat et la finesse d'un artiste.

En réalité il s'adonne, contrairement à Kamara, à d'autres centres d'intérêt. Des illusions non lucratives qu'il faut nourrir et entretenir, une visée, un style de vie, une musique, un art, une démarche, qui constituent sa ligne de conduite.

L'écriture occupe le tout de sa vie : son comportement, ses habitudes, ses jugements, ses humeurs, ses positions, sa rigueur, son souffle. Un bonheur fait tout simplement de mots, de livres, de personnages, d'auteurs, de titres, de pensées de tout genre :

poésie, théâtre, cinéma, musique, nouvelles, journal de presse, revues scientifiques, d'art ; d'une manière générale tout ce qui concerne le mot : son agencement, son rythme, ses couleurs, ses idées pour l'ouverture d'esprit, l'amour du livre, la critique des discours, des versions, des points de vue et même des croyances. Alors un Kamara, esclave de l'action, ne le privera pas de toutes ces choses jalousement consommées. Il en reste passionnément gladiateur, braquant son honneur ridiculement à travers le mot. Une folie que ni le doyen Kamara, ni le monde entier ne peuvent lui ôter.

Arrivé, Nadjirou se gare au parking et verrouille tout. Peut-être, Kamara n'a jamais eu le temps d'ouvrir un livre, d'en apprécier le contenu, la qualité de l'écriture et la poésie dans l'agencement harmonique des mots, le rythme page après page, pour dévisager son auteur. Il imagine Kamara sans travail ou bien en congé, à ses heures perdues, silencieuses et tranquilles, puis se pose une multitude de questions. Peut-être qu'il sera malade, ennuyé, anéanti ou schizophrène.

Il faut être confronté au temps libre pour s'inspirer de la bonté, trouver l'énigme de l'inspiration, comprendre le pouvoir de la sensibilité et méditer sur le sens véritable de la vie.

Il se rend compte qu'il est en retard de trente minutes.

Chapitre 3

« ... Une femme est une fleur
Chaque fleur a son parfum... »
Marouba Fall, « Corps d'eau »

Madame se réveille comme d'habitude après le départ de Nadjirou. Avant d'aller au travail, elle apporte l'harmonie arc-en-ciel et la propreté avec le plus grand soin. Elle possède un salon de coiffure en ville mais ce matin, elle se sent fatiguée après un défilé de mode auquel elle a participé la veille.

Il lui faut jouer son rôle de « DIEGG » ; ronde à la peau éclaircie par des mélanges de produits chimiques ; oups ! Produits de beauté, pour rendre la peau blanche ou pour en réalité supprimer la mélanine, enlever une substance vitale à son corps et laisser le danger s'installer juste pour l'illusion d'être ce que tous appellent « belle » et à la mode.

Madame, la victime de la mode, tente de nouvelles expériences avec son corps, en se prenant comme cobaye pour essayer toutes les nouvelles tendances. Comme ses multiples personnages avec ses perruques tantôt blondes, brunes, noires pour cacher ses cheveux courts. Elle se métamorphose en Madonna, en Marylin ou Lady Gaga chaque matin. Elle ressemble à une poupée à ce rythme, se moque Nadjirou. Et toutes les femmes sont tentées de faire violence à leurs corps pour se voir belles. Oui, des corps qu'elles changent de noir ébène en rouge ou blanc. Et bien sûr qu'elle a expérimenté la chirurgie esthétique pour refaire son nez et évidemment sa poitrine aussi. Elle prend soin de ses ongles, de ses cils pour le maquillage avec des bains de carottes, de choux, de fruits, d'œufs, de vapeur et souvent même de boue plein le visage ou sur le corps. Un excès d'emprunt de ce qu'elle n'est pas : elle se recrée à son image.

Saphiètou aime aussi la décoration. D'ailleurs elle change les meubles, décore, repeint, embellit, asperge tout de parfum, redresse les rideaux, essuie le sol, les vitres. Elle ne laisse jamais de livres trainer, ni de bouts de feuilles et bien souvent n'égare ni les notes de lecture, ni des chapitres de Nadjirou. Souvent en rangeant le bureau de son mari, elle découvre ses petites aventures mais remet toute chose à sa place.

Elle remplace les stylos, en rachète de nouveau.

Ce matin, elle a décidé de s'affairer à la cuisine avec l'aide de Sokhna, la bonne. Et puisque Sokhna est enceinte, elle l'aide en attendant le jour J. Saphiètou l'envie et la trouve chanceuse de recevoir ce don du ciel qu'elle convoite tant depuis des années de mariage ; de peur des complications dans son état, elle lui laisse plus de temps et ne lui met point la pression. D'ailleurs le docteur lui a conseillé un repos temporaire jusqu'à l'accouchement mais elle refuse. Elle est confrontée à payer le loyer, les frais médicaux, les dépenses pour soulager les charges de son mari qui ne réussit pas à tenir les deux bouts ; elle continue de travailler. Alors Saphiètou a décidé finalement de continuer à lui payer son salaire.

Saphiètou finit de faire les courses. Elle se consacre aux travaux domestiques, de femme de ménage, une vraie, comme faire la maison, faire les travaux domestiques pour Monsieur qui ne rentre que le soir. Une femme avec toutes ses sensibilités, cherchant simplement la bénédiction de son mari comme la tradition l'exige. Pourtant elle travaille ; condamnée à exercer le minimum féminin comme faire les chambres, le linge, la cuisine, établir l'ordre des choses, mettre de l'encens, de belles choses, réaliser les bonnes recettes, les petits plaisirs, servir à table, débarrasser, ranger, pour réussir à renvoyer l'image attendue d'elle ; être la femme qui ne pose jamais de questions sur l'ordre déjà établi et qui se conforme aux exigences de la norme ; pensant simplement être destinée à ressembler à sa mère, à sa grand-mère, comme toutes les épouses entièrement soumises. Saphiètou reste là en permanence pour son homme, son mari qu'elle aime tant. Le seul qu'elle a connu ; qu'elle supporte, qu'elle chouchoute, qu'elle accueille avec un verre d'eau et des mots doux chaque soir. Toute seule alors à la maison, elle attend son homme pour servir le diner à deux, comme d'habitude. Ces attentes ont fini par installer d'autres façons de se divertir. Elle s'occupe, comme chaque soir, à lire ses magazines de mode et s'intéresser particulièrement à la rubrique élégance. Ainsi pour apprendre quelques astuces ; ces choses à éviter, cette atmosphère qu'il faut créer pour épater encore de très nombreuses fois son mari.

Il est vingt-et-une heures.

Elle se mire encore pour réajuster sa perruque et sa robe bleue traditionnelle, ses boucles d'oreille, et remet encore du maquillage sur le visage. On sonne à la porte.
- Fatima ! Ça alors quel plaisir, entre ; dit-elle avec un air surpris de la voir à cette heure.
- Saphi alors comment tu vas, répond Fatima en prenant place.
- Tu fais du régime ou bien ? T'as la forme hein c'est incroyable comment tu fais ?
- Bon, pas grand-chose, je suis juste quelques conseils de mon médecin.

Fatima s'installe et elle se dirige vers la cuisine pour lui servir quelque chose. Puis elle revient avec deux verres de jus de fruits.

- Eh bien, tu es parfaite comme ça et Rouky, comment elle va ?

23

demande Saphiètou

- Super, super, super... D'ailleurs je suis venue t'informer qu'elle se marie enfin avec Malick !
- Waw, quelle bonne nouvelle - avec Malick - c'est sûr qu'il est temps, c'est magnifique ! Ça saute aux yeux qu'ils sont faits l'un pour l'autre et puis ça fait sept ans que ça dure non ?
- Oui, sept ans et quelques mois, précise Fatima. Son père devra maintenant se faire une raison et céder à la pression
- Oui ça le dérangeait qu'ils vivent en concubinage, bien qu'ils aient Henry... Maintenant je crois qu'ils vont bien s'entendre !
- Oh ma chérie, je leur souhaite tout le bonheur du monde et une petite fille cette fois... Bon et toi et Ngagne Demba...
- Moi ! Bon je ne sais plus où j'en suis, je doute encore de sa sincérité et puis ma vie se limite à ça ; ce n'est pas ce que j'avais prévu, je crois que je vais me résigner en fin de compte...
- Ne dis pas ça, c'est normal que tu doutes un peu, mais t'en fais pas, je suis sûre que tu seras à la hauteur. Et puis tu peux bien prendre une bonne pour t'aider un peu ; tu vois je m'entends bien avec Sokhna et puis vous vivrez sous le même toit ; la solitude ne doit pas tant te stresser.
- Une bonne ? Non j'en ai pris ma dose avec Khady, elles sont toutes pareilles ; elle m'avait prise pour sa coépouse parce que Monsieur lui faisait la cour.
- Ma chérie c'est de l'histoire ancienne maintenant, je suis sûre qu'il est fidèle, il a changé !

Puis un silence envahit la pièce. Un silence bref de quelques secondes favorisant quelques gorgées de boisson.

- Et comment va mère Yandé, ta belle-mère ? poursuit Fatima
- Tu rigoles ! Cette folle me méprise depuis toujours malgré mes cadeaux, mes bontés ; elle ne m'aime pas et je crois qu'elle ne m'aimera jamais...
- Qu'a-t'elle encore fait ?
- Elle est toujours à son projet de deuxième épouse pour son fils.

- Une deuxième épouse ? interrompt Fatima, surprise.
- Oui, je représente le grand désert sans cactus, elle ne cesse de m'humilier depuis tout ce temps et me montre du doigt comme une malédiction, parce que je ne parviens pas à lui donner un petit fils... Et bien, hélas je fais l'impossible pour ne pas l'avoir en face de moi.
- La mienne me montre déjà ses griffes à chaque occasion, que je suis dans sa trajectoire, un peu pour dire « fais gaffe petite » ; elle me reproche le fait que son fils soit pauvre parce que je suis de caste inférieure, pff...
- Oublie tout ça, tu veux ; non mais il faudra tout de même rendre parfois des coups, je suis au courant de tout ce qu'elle manigance ; elle me dit ouvertement que je suis stérile sans gêne ; elle passe son temps à mettre la pression à son fils, tu te rends compte, mais pour qui elle se prend ?
- Mais par-dessus tout, il vaut mieux se battre pour sauver ton couple ; est-ce que vous pensez à adopter ? poursuit Fatima
- Qui adopter ? J'en parle souvent à Nadjirou mais je soupçonne tant de choses chez lui depuis quelque temps et ça n'a pas l'air de lui plaire du tout !
- À vrai dire moi aussi je ne suis pas à l'abri de vivre le même scénario. Elles n'attendent que ça on dirait...
- S'il te plait Fatima, parlons d'autre chose.
- Décidément toute cette histoire est trop compliquée, ça me dépasse vraiment... et Nadjirou ? Comment il va ?
- Oh ! Il ne saurait tarder, il va bien ! Il est toujours pris par ses livres et m'en parle tout le temps, c'est tellement ennuyeux, je lis souvent certains passages à haute voix et je n'y comprends absolument rien, mais bien obligée de l'écouter pendant des heures.... C'est bizarre et rigolo.

Elles se mettent en éclats de rire. Une ambiance de blague enterre les secrets. Puis elles se quittent ravies d'avoir eu ce moment d'évasion entre femmes.

Chapitre 4

« Des mots ?
Ah oui des mots !
Raison, je te sacre vent du nord. »
Aimé Césaire, « Cahier d'un retour au pays natal ».

En rentrant Nadjirou se souvient d'Adja, une romancière, et se sent négligent au point d'oublier sa cérémonie de dédicace à la maison des écrivains. La rater sera un coup dur pour elle, alors, sans retourner chez lui, contraint par le temps, il décide d'aller directement rejoindre le monde du livre, à cet évènement tant attendu.

Un premier roman qui lui fera de la place dans le monde de la littérature ; monde d'auteurs, de mots, de pensées, de critiques et de la vraie gloire quand la reconnaissance est à l'honneur.

Un dilemme, une vraie bataille de diablesse qu'elle livre dans le plus grand secret des nuits et du silence. Vu tout le travail, l'ampleur du désordre harmonisé, le temps consacré, la passion propre, la documentation, la solitude. C'est devenu un art de vie. Ou bien même plus.

Nadjirou était là pour l'épauler quand la solitude et le sentiment de faire fausse route avec la routine, le manque d'imagination, d'originalité, d'humour, agitaient ses prédispositions littéraires, ses lacunes, ses fautes de grammaire et de syntaxe ; ces petites choses qui bloquent l'inspiration, qui limitent la force du verbe à l'état brut. Ils trouvaient ensemble la prose dans une mine d'or de pensées. Et enfin elle réussit la dernière étape, qui est la publication pour laisser le monde apprécier tout son talent. Certainement le fond et la forme doivent être parfaitement réfléchis avec patience, persévérance et beaucoup de souffrance. Comme à chaque fois Nadjirou insiste sur le fait que la phrase est d'abord une souffrance tristement dissimulée, une angoisse, une peur, un creux, un désespoir intelligemment écrit pour laisser un message subliminal, le cri d'alerte d'un esprit bavard avec la grande pudeur de l'avouer. Elle projette un vide, un souffle, une sublimation, un désir, une foudre pour s'abattre sur la matière et l'esprit ; dans toute sa chair et son sang. Au point de faire transpirer les doigts et les yeux. Elle transforme et façonne les fardeaux de la pensée des buveurs d'encre, les ivrognes de mots, les soûlards du verbe et les force à bavarder avec eux-mêmes. Alors, pour Nadjirou, chaque phrase reflète le temps du malheur, l'énergie de la création, la solitude et toutes les lamentations murmurées, cachées avec une pudeur de même au fond des mots comme un jeu de devinette ; en définitive, la belle arnaque contre soi-même, belle pour soi, ridicule pour d'autres, brillante pour certains, ou superflue, triste, pâle, comique, déplacée, choquante, fade, volée, nulle, pauvre, sensée, malsaine, trompeuse, froide, sans gêne, moqueuse, empruntée, précipitée, étranglée pour rester simplement sublime.

Nadjirou et Adja en discutaient tout le temps. Ils reprenaient à chaque fois le même sujet.

L'écrivain doit rêver, sauter, voler, séduire, écrire d'abord pour lui et se défouler. À chaque début de phrase un plaisir immense doit se ressentir. Une folle frénésie noire qui heurte le lecteur avec le souffle d'une envie tue. Les lettres se dessinent comme par instinct et mènent forcément l'auteur à commettre une folie sans s'en rendre compte et finalement à une œuvre d'art. La passion verse dans un cri mélancolique des drames de l'imagination. Et puis la lecture contamine aussi agréablement toutes les souffrances ressenties. Le poids du sommeil, de la dépression et du sens commun déréglé, immortalise le temps et reflète un revers fluorescent de nombreuses réflexions ; d'où résonne la musique de toute la passion d'écrire.

Un soir, tout en expliquant en des termes flous, il lui répétait ce qu'il écrivait la veille. Que l'écriture ressemble à une dame bien triste à qui il faut entièrement donner son âme. Elle se revêt de noir avec un balai entre les cuisses. Son chapeau laisse entrevoir des yeux lumineusement dirigés vers son nez pointu et ses cheveux dispersés en un maléfice incontrôlable et désordonné. De sa bouche horrible sans dents, elle retient les âmes entre ses lèvres pour les laisser souffrir de plaisir, les hisser dans l'extase et la dépendance de l'égoïsme intellectuel. Elle finit par répandre le parfum d'une femme sensuelle qui ne satisfait jamais les esprits avertis. La pensée précieuse installe un souffle aisé ; la parole sainte murmure et illumine un cœur malheureux. Mais ce côté doux et charnel déclare la guerre à l'existence.

L'écrivain, lui, a choisi d'être aussi malheureux, aussi ennuyeux, aussi bavard qu'un fou…

Comment réussit-il à se libérer d'un esprit aussi diabolique ? Pourquoi sublime-t-il toute sa vie ?

Nadjirou conclut qu'il se dissipe dans l'illusion pour vivre. Il se tord les nerfs pour le simple plaisir de produire du beau, du sensé, des mots agencés qui ne résolvent point sa situation désespérée, compliquée, ratée ou terne ; en vérité il semble être trop humain pour rester ordinaire. En définitive, il s'invente l'angoisse d'un besoin d'écrire pour trouver un sens à la vie même. Et puis la dame écriture revient de page en page pour, à jamais, l'enfermer dans le couloir de la mort du temps, dans la recherche du plaisir. La plus atroce sanction pour toutes ces nuits blanches, et au grand jour, le corps ivre, las, souffrant de dix mille coups de lettres, la gueule de bois phonétique, est quand la maladie de la page blanche s'y met.

La bravoure d'Adja est allée jusqu'au bout. Par ailleurs une longue histoire d'amour les liait à jamais dans cette passion et les profonds caprices de l'écriture. Nadjirou est tombé finalement fol amoureux d'elle. Contrairement à sa femme, ils partagent la passion du mot, la valeur et la puissance de l'esprit et de l'imagination. En dépit des dangers de son couple, de complications fort embarrassantes, ils entretiennent cette liaison secrète.

Parfois, sous le désordre d'une humeur houleuse, prête à se déverser sur quiconque, se cache l'idée de refaire sa vie. Cette faiblesse le prend souvent au dépourvu peu importe son esprit, sa force, sa volonté de résister, de tordre ses idées. Cette angoisse, cette maladresse, cette façon de faire, ce handicap, ce manque, précipitent son cœur dans l'obscurité des mensonges et tromperies à sa femme Saphiètou. L'infidélité semble tuer l'éthique de sa démarche intellectuelle. Il vit son histoire d'amour avec cette jeune fille en cachette, loin des soupçons de la masse pour sa réputation ; c'est-à-dire son masque.

Un soir, ils en parlaient et rompaient mais, au bout de deux semaines, l'envie les réunissait de nouveau pour commettre l'interdit une fois, deux, et plus, et puis sans cesse. Et plus d'une fois, ils font bien semblant d'être simplement des amis aux yeux des gens normaux.

Nadjirou est envoûté par ce visage. Cette tête rasée, ces boucles d'oreille démesurées, ce corps d'une noirceur velours, éclatant et doux. Ses jambes, sa taille fine, ses mains, ses yeux dévorent toute attention, captivent tous les sens, troublent l'esprit, brûlent l'inspiration et foudroient les yeux. En plus ils partagent l'enthousiasme devant la page blanche, la folie inutile, la recherche de suite dans une persévérance de fer ; la constance. À

29

la recherche du mot juste, la note adéquate qui sonne mieux. Oui !
Ils partagent cette littérature, la vraie, celle de Césaire, de Senghor,
de Hugo, de Baudelaire, des grands classiques. Ils partagent ces
pensées puissantes et dangereuses, ces bontés floues, ces êtres nus
avec des muses vedettes.

Adja prend enfin la parole au moment où Nadjirou apparaît parmi
les invités. Il s'assoit devant, à la dernière chaise vers la droite.
Les témoignages n'en finissent point. Elle est contente, comblée
car le public du livre, encore restreint certes, affiche clairement,
avec la fierté la plus absolue, son soutien et ses félicitations.

Nadjirou finit par un témoignage avec tous les honneurs dignes
d'être prononcés. Ensuite les collègues, parents et amis s'en
suivent à tour de rôle. Chacun expose son talent d'orateur, la
finesse de ses propos et tout son charme. Il s'agit d'un jeu de mots
entre eux. Là encore le masque de l'intelligence qui flatte.

Depuis un moment, Nadjirou la suit des yeux curieusement au
milieu de tous ces gorilles séducteurs et mythomanes. Il suit
chacun de ses gestes, de ses mots, de ses pas avec un sourire
improvisé. Adja, la reine, à ses heures de gloire avec son style
bien à elle ; son collier et ses boucles d'oreille démesurées en
forme de trapèze en bois rouge. Un produit local qui met en valeur
son originalité, son audace de rester fière de ce qu'elle se
revendique être : négresse.

En elle, il voit le sourire timide de Nina Simone et sa force sur
scène, les yeux électriques de Maryse pleins d'admiration et de
franchise. Il l'aime encore plus par ce qu'elle dégage à travers son
style subliminal : l'omniprésence de la femme engagée dans une
lutte bien sienne. Ses expressions provocatrices et troublantes font
sa personnalité. Il reste bouche bée devant son maquillage discret,
le visage stupéfait d'un étonnement naturel. Et déjà tous
l'encouragent, surpris de son audace. Il admire ce décor qui
ressemble à une fête d'anniversaire, comme elle le souhaitait : une

table dressée, de délicieux plats préparés pour les invités et une scène ouverte pour les témoignages. Les lumières multicolores et la musique plongent l'ambiance dans un esprit de fête et de gloire. Une ambiance festive à la mode costume cravate. Même Kamara est présent. Elle lui a envoyé une lettre d'invitation bien qu'ils ne se virent qu'une seule fois dans un passé lointain. Ils sont là. Ils applaudissent, sourient. Et la boisson étanche la soif. Ils parlent tous d'elle. Les caméras sont braquées sur elle et ne la lâchent en aucun instant. Le comité de lecture a pris le soin de lire au grand public certains passages fort poétiques qui résonnent comme une mélodie.

Cependant la nuit commence à se creuser. La lune file comme un œuf dans les ténèbres. Elle passe alors aux dédicaces. Un petit mot d'amitié, de remerciement accompagné d'une signature, d'un sourire, d'une accolade parfois, pour témoigner toute l'émotion ressentie.

Nadjirou glisse un petit mot à la première page qu'elle lit avec un sourire absent :

« Je t'attends juste à côté ! Bisou poétique. ». Il se faufile quelque part dans un coin retiré de ce bel espace à ciel ouvert ! Tout à la mémoire de tous les penseurs, les révolutionnaires qui représentent la crème de l'intelligence. Cette maison représente le symbole de tous les doigts qui ont souffert, de tous les stylos rouges de sang et de toute une littérature qui a inspiré tout un continent. Une littérature contre l'injustice qui a libéré de l'obscurantisme, de la banalité, du racisme, de la domination, de l'impérialisme, de la colonisation, du complexe d'infériorité, du sombre visage de l'ami et des faiblesses de l'homme. Ceux-là, précurseurs de la démocratie, formateurs des premières générations à revendiquer la dignité nègre.

Enfin Nadjirou la voit venir. Il lui tend la main avec un sourire.
- Tu es parfaite, la fête est très réussie, je suis fier de toi.

- Merci c'est un ouf de soulagement, je n'en reviens pas ; avant de prendre la parole, je tremblais comme une folle, mais disons que j'ai été à la hauteur.
- Tu es bien partie dans ton rôle d'écrivaine.
- À vrai dire tout ça est un peu nouveau pour moi, j'ai l'impression d'entrer dans une sorte de secte maintenant avec une ligne de conduite...
- Non, surtout reste toi-même et assume tes positions, continue Nadjirou tout en basculant dans le silence, avec un sourire bien mitigé.
- Tu as été très inspiré tout à l'heure, reprend Adja.
- C'est le bénéfice d'être sous ton ombre... Heu...
- Tu me sembles un peu contrarié, dit-elle avec une douce voix bien timide.
- Oui c'est vrai, je suis un peu fatigué et tout... mais ça va sauf que... Souvent je me perds à cause de ce dont on discutait hier. Tout à l'heure je te regardais, tout à fait épanouie et je me suis mis un tas d'idées et peut-être que tu es en train de faire l'erreur de ta vie d'être avec moi... Je suis plus... Plus âgé que toi et je pense que peut être, tu mérites mieux, et puis je... suis marié, à dire vrai je ne sais plus où j'en suis....

Silencieuse un instant, un peu surprise.

Puis Nadjirou reprend
- Tu sais, je sais que ce n'est pas le moment mais je pensais à nous, à toi, à ce qui nous entoure, à ton avenir et j'ai le sentiment de te tromper à chaque fois qu'on est ensemble... Notre relation n'évolue pas... tu comprends ?
- Non ! Qu'est-ce que tu veux que je comprenne ? dit-elle sévèrement avec des yeux pleins de colère.

- Écoute Nadjirou, contrairement à toi, je ne pense à rien, c'est toi que j'aime et ça me suffit à moins que tu veuilles me dire autre chose.

Il perd ses mots tout à coup, un peu surpris. Puis elle continue tout

en essuyant ses larmes.
- Tu viens de gâcher ma soirée lui dit-elle…
- Non Adja je me fais juste du souci pour toi ! Excuse ma
franchise… Je suis désolé !

Le ton d'Adja change et sa voix durcit. La scène se poursuit en
une dispute. Elle regrette certains sacrifices d'un passé récent, les
promesses et tout l'espoir qu'elle s'était mise en tête. Un coup
d'obscures sensations vient gâcher son succès. Le risque de tout
perdre d'un seul coup l'entraine dans une colère. Il ne sait plus
quoi dire. En vérité ce n'était ni le moment, ni l'endroit pour
soulever ces choses ; qu'est-ce qui lui a pris ? Une décision
radicale cette fois-ci s'impose, il lui faut donc choisir et vite. Pour
ne pas susciter la curiosité des invités, ils finissent par se taire. Un
silence monstre. Une pause de quelques secondes, de quelques
minutes annonçant que les choses vont bien changer désormais. Il
se sent idiot d'avoir réveillé la tempête. Elle essuie ses larmes.
Elle se tait. Naturellement la tristesse l'envahit.

- Je vais refaire mon maquillage, je dois retourner là-bas, dit-
elle en lui tournant le dos.

Nadjirou se sent électrocuté par une foudre. Il répond
honteusement, hésitant de laisser sa main :

- Oui tu as raison… Ils doivent t'attendre… On se voit demain.

Ils se quittent ainsi avec des mots tus, des reproches.

Elle aperçoit cette faiblesse de son homme ; un frein pour installer
le doute. Les aspirations, l'espoir, la vie en amont créent une
atmosphère brouillonne. Et puis, ils en ont marre des rencards en
cachette, des mensonges, des craintes.

Nadjirou se sent mal au point de penser qu'il est damné,

condamné dans la souffrance et le regret. Dans cette histoire compliquée que va-t-il faire de son mariage ? Il se sent humilié de porter son masque d'amant. Et puis tous ces imprévus qui prennent le dessus sur sa vie. Comment échapper à ces choses-là, à la routine de l'insatisfaction, au sang-froid de l'autre par ses mots perçus dans le regard mal à l'aise, trop angoissé ; une angoisse inexpliquée, une angoisse jaune, rouge, sombre, brûlante, noire et ténébreuse. Entre le désir et le plaisir, l'envie et la folie, la volupté et l'extase, la nuance trouble sa vérité profonde. Une crise d'humeur ou la pression au travail peut-être refoule le ras-le-bol de ses amours bricolées…

Ces deux femmes restent dans ses pensées : leurs sourires, leurs émotions, les pleurs et les plaintes, mais il faudra bien prendre une décision.

Chapitre 5

« ... *Une vieille vie menteusement souriante, les lèvres ouvertes d'angoisses désaffectées...* »
Aimé Césaire, « Cahier d'un retour au pays natal ».

En rentrant, Nadjirou garde cette impression de n'avoir jamais connu que l'embarras toute sa vie et l'énigme du lendemain. Ces ondes d'humeurs négatives, loufoques ; ces ressentiments flous, ce doute profond d'une angoisse maussade. Le désir de vivre, une vie pas comme dans la vraie réalité des romans. Une romance du bout des doigts, une, qui étale sa vie dans le temps et qui finit bien. Eh bien une vie ordinaire, équilibrée avec une harmonie de bien-être.

Dehors la nuit commence à imposer sa pression, son tempérament ténébreux et ses menaces fantaisistes.

Nadjirou s'arrête au feu rouge et prend la gauche, la ruelle menant chez lui. Devant la porte, il consulte sa montre, presque vingt-trois heures. Les lumières sont éteintes. Sûrement Saphiètou s'est endormie, ou peut-être. Le moteur gronde encore de tous ses poumons de gaz et braque ses lumières, encore vives, dans le vide. Alors il fait demi-tour et se dirige vers le restaurant-bar du coin : « le vieux pêcheur ». Drôle de nom pour un bar. Ceci lui a toujours évoqué un sentiment bizarre d'y aller pêcher quelques moments d'ivresse pour s'évader dans un vide total.

Il s'isole d'habitude au fond, dans son coin avec une vue nocturne de la mer, loin des autres pêcheurs d'ivresse, les essoufflés de la vitesse à la recherche d'un véritable moment d'évasion.

Nadjirou sent, comme à chaque fois, un désir qui compresse ses poumons et ralentit son souffle, le temps, les sources dérangées et étouffées, brisant ainsi la glace pour lui montrer, droit sur un mur, son image, son propre corps aux poils errants frôlant la porte des vices ; l'alcool malmène alors son esprit, lui donnant l'impression de rajeunir. Il entraine ainsi sa pensée à s'envoyer au ciel dans une ambiance nocturne où l'insouciance dort à la belle étoile. Son humeur sourit pour accueillir ses muses, l'odeur de l'alcool, la soif du bonheur, l'éphémère présence féminine, le désir d'élan séducteur pour corrompre ses sens quelques secondes au point d'étouffer le diable, la folie, l'envers du décor et le revers de la raison. Il voit tout, libre, dans un vide abstrait.

Oh Seigneur, quel désir ! Désir fervent, désir esclave, désir maître, désir sorcier ; désir qui hâte, qui déshabille la pensée en lui mettant une casquette de looser comme le monstre au corps de femme, aux yeux de bouc, fredonnant une musique bien nue, rythmée aux battements de cils, et munie d'une légèreté à disperser nu son corps ; les pieds à l'air pour goûter à la liberté.

Un corps pris dans le secret du diable, irrité et baignant déjà dans la braise. Des secrets pervers sur le dos des mœurs au-dessus de la norme éthique, que les masques cachent dans leurs silences individualistes pour échapper à la tempête de la conscience : la corruption de l'éthique par l'envie. Il le cache, ce désir transgresseur, ivre avec un masque, rodant tel un léopard affamé, buveur de sang ; excitante existence fatale, fantaisiste et perverse devant le monde qui pousse comme un cactus avec des épines empoisonnées dans une terre inconnue. Ivre à mort dans la bouteille avec la tête qui baigne dans un océan de beauté. Désir sordide du mot, la mémoire de l'action frauduleusement imagée, de cette envie de rejoindre la liberté, et d'un tout, à la fois dispersé dans le néant. Nadjirou finit la bouteille de son liquide sorcier qui guette ses adorateurs aux moments de panique pour paralyser le réel. Il en prend une autre et enchaîne les gorgées comme un déchainé.

L'alcool, l'ami du faible, des masques et des monstres timides. Pauvre Nadjirou perdu dans l'ivresse, dans l'horreur, dans l'irresponsabilité, le manque d'arguments pour lutter contre soi. Qui est cet homme, buveur d'espoir au fond qui ne cesse de se soûler, isolé du reste des normaux ? De quoi souffre-t-il ? Est-il ivrogne avant d'être réduit aussi bas ? Il est venu simplement en retraite spirituelle, pour une baignade dans le vide loin de sa conscience, se laisser vivre dans l'instant comme un oiseau. Une façon d'oublier d'exister, de casser les verres d'acier de souffrance pour se sentir, au matin, humain avec un masque comme les autres, au boulot, en famille, exécuter son rôle de comédien même s'il souhaite au fond que tout le monde assume ses désirs. Il veut juste en silence découvrir autre chose que le dégoût, l'hypocrisie dans tout. Être humain, c'est rendre des comptes, se justifier devant des juges, les autres. Une chose trop compliquée pour lui, au point de s'y être délibérément opposé, pour passer sous l'ombre de l'instinct.

L'ivresse commence à faire effet. Il ne sait plus se taire. C'est le moment de passer à l'action, de déconner. Le moment ultime pour se défouler avec les mots. Pris par une fatigue insoutenable, la vision floue, la tête lourde, il casse d'abord des verres, insulte le monde entier et paye sa note sans attendre de monnaie. Le serveur intervient à chaque occasion pour calmer et diriger les ivrognes vers la sortie. Tout seul dans la nuit, titubant, seul dans l'ombre, il surveille ses pas à chaque mouvement traînant des pieds à bout de souffle puis s'allonge finalement sur le sable. La lune feignante, seule avec ses petites sœurettes d'étoiles, ces nuages, cette couche mousseuse suspendue à l'entrée, témoin devant un homme vidé, tout cru, qui suit son chemin, son destin, ou peut-être, ses fantasmes désespérés d'ivrogne au bord de la folie.

Il reste longtemps sur la plage, oubliant même sa voiture sous la surveillance des lampadaires émerveillés de ses choses cachées le jour, dénudées de leur pudeur diurne, purifiées de l'odeur affreuse des gaz nocifs. Là règne un autre empire avec des reines à chaque coin de rue, et des chiens errants.

Et pourtant dans son ivresse, il imagine ce décor tout à fait différent, peint avec des mots, avec la vérité des choses. Une vérité qui brule son esprit et qui désole son imagination. Il veut se noyer dans les mots, dans l'alcool, dans le verbe, se sentir présent tel un fantôme nerveux, brouillé par l'énergie d'une source ténébreuse dans les fondements de ses convictions. Une vérité partagée entre deux femmes, entre deux mondes : le cœur et la raison. Une parmi les autres, seule dans la foule, un combat à renoncer, un cœur à gagner, et une réputation à perdre pour se ranger en bohémien. Un surhomme à défier ! Renoncer à Saphiètou signifie trahir la vertu, braver l'entourage, enlever son masque, effacer tant de choses qu'ils ont vécues dans leur jeunesse. Par contre choisir Adja présente une nouvelle vie ; se rajeunir jusqu'au bout des ongles, exceller dans l'écriture avec un vrai projet littéraire, une passion commune, un art de vie. Ils parleront bien sûr de livre et de mots du genre Pierre et Mary Curie en version sciences humaines mais aussi de nouvelles chances d'être papa pour lui. Il retrouvera la gaieté dans un couple, l'énergie. Le souffle suffisant d'un amour pour ne plus se quitter. Et même, bien que plus jeune, elle pense librement, avec une autorité personnelle, un sens de l'engagement, une maturité surprenante, une fougue de responsabilité qui exclut le genre en renforçant la complicité du couple. Ce sera parfaitement le couple moderne car elle est réfléchie, prudente, et se défend à bâtons rompus surtout avec le sens de la logique digne de l'intellect.

Pour Adja, l'obsession dans une relation ne s'explique que par la folie. Les couples devraient s'aimer tout simplement avec une complicité et une entente équilibrée et peu importe les barrières, les préjugés ou les cultures. Il faut juste un équilibre à deux, loin de toutes considérations religieuses, culturelles, raciales ou conformistes. D'ailleurs, elle se fout totalement de l'opinion en se définissant comme une femme moderne c'est-à-dire un esprit libre qui ne s'emprisonne pas dans un corps de femme obscure et ténébreuse pour subir la folie des hommes. Elle s'impose avec le dénominateur commun universel c'est-à-dire l'esprit, le beau monde de la pensée, des convictions, les vraies saveurs de la réalité car il faut braver les normes, les doutes, les peurs, les angoisses, les souffrances et les préjugés pour enfin exister, jouir à toutes les aspirations de l'homo sapiens sans modération avec un esprit libre.

En vérité, dit-elle souvent, les esprits ne se nourrissent plus de traditions et des privations, ils s'adaptent tout simplement à un environnement pour évoluer. Et dans leur évolution, ils rencontrent des idées qui feront d'eux des citoyens du monde avec le dénominateur commun universel. Donc le retour purement aux valeurs traditionnelles sans aucune ouverture retarde et réduit en impossible l'avenir. Elles abordent la vérité autrement et conçoivent la vie autrement. Elles refusent toute évolution, toute contamination. Ainsi bientôt, le tabou des traditions visera à s'identifier dans l'histoire et occupera une appartenance purement symbolique.

Adja montre du doigt cette société, bien sienne, qui ne s'affirme pas pour assumer son envie de sortir du passé conformiste avec la peur de se perdre dans une crise identitaire de castes, de classes et de sous-classes, bêtise déjà faite dans le passé. La conscience collective se crée une hypocrisie pire et s'emprisonne seule dans son passé. Alors la vie, le grand théâtre des masques, avec des personnages différents le jour et le soir, fait semblant de conserver ses valeurs qu'elle ne respecte plus... Une société avec de parfaits mutants qui embrassent d'autres horizons, d'autres cultures, d'autres goûts, d'autres objectifs avec le dénominateur commun universel.

Nadjirou reste séduit par ces arguments. Adja a bien défendu son idée de la société jusqu'au bout dans son roman. Même si tous ne sont pas d'accord. Nadjirou en rajoute à chaque fois que le sujet retentit, que le modèle de société actuel est à l'image des influences subies vis-à-vis de la démocratie. En réalité l'heure n'est plus aux appartenances mais au respect des droits de l'homme. Il est vrai que l'appartenance ethnique, idéologique qui réduit les peuples en castes ou en groupes ne mérite pas d'être un argument valable pour diviser les hommes. La nouvelle tendance trahit le concept même de la dignité humaine du fait qu'on naisse soit pauvre ou riche. Cette conception capitaliste bouleverse tout en créant de nouveaux hommes, un monde où l'argent règne en maître, une élite de riches dans les excès, une classe moyenne dans l'espoir d'un jour meilleur et le reste rejeté dans les impasses. De ce peu de vertu modérée on refoule à tout prix une nouvelle réalité avec une pudeur rodant toujours autour des esprits, mais la classe sociale est régie par l'argent ! Et dans le fond l'argent deviendra la religion, la justice, la femme, le mari, le rêve, la gloire, la santé et même les honneurs non mérités. En manquer pulvérisera tout espoir. Tous se présenteront au capitalisme pour vendre leurs âmes. Tous manqueront de nourriture spirituelle, supporteront la faim, subiront l'injustice et se lanceront à la recherche de la « véritable » dignité : l'argent !

Les sociétés n'auront plus besoin de se soucier de qui elles ont été ; elles se ressembleront toutes d'une région, d'un pays ou d'un continent à un autre. Elles se débattront toutes pour un ventre plein et une fierté. Elles souffriront simplement de tous les maux, et s'enivreront inutilement d'espoir. Elles subiront la moquerie, la jalousie, la solitude, l'ignorance, la promiscuité, l'obscurantisme, le mépris, le chômage, la corruption, l'impatience, la drogue et, petit à petit, tendrement, dans la précarité de la volupté d'une lamentation ennuyeuse se créera une, nouvelle, qui les regroupera toutes, de tous horizons, en une seule, pour la cause d'une citoyenneté universelle. Au détriment de l'histoire, de la religion et des droits de l'homme, le capitalisme fera de nous tous, des hommes en quête perpétuelle de sécurité financière.

Chapitre 6

« Et dans cette ville inerte, cette foule criarde si étonnamment passée à côté de son cri comme cette ville à côté de son mouvement, de son sens, sans inquiétude, à côté de son vrai cri, le seul qu'on eût voulu l'entendre crier parce qu'on le sent sien lui seul ;... »
Aimé Césaire « Cahier d'un retour au pays natal ».

Le jour se lève avec sa fraîcheur dans les narines. La brise le surprend en train de flirter avec le mal, la tête dans l'envers des ténèbres, les pieds sous la nuque d'une déesse, la bouche pleine de proverbes et de proses hybrides, figé comme un arbre avec le silence d'un bleu et ses yeux fondus dans le néant d'un fond flou tel un hibou ensorcelé avec l'intime désir du moi solitaire.

Il transperce le mal des maudits qu'il examine avec sa loupe géante faite de cœur et de pouls battant le tambour des blasphèmes enragés, chantant l'hymne de l'esprit libre satanique, souriant perversement et salissant les mains de sa musique païenne. La brise lui parle de sa gueule de bois, le corps encore soûl, l'esprit en transe, la folie au bord de la raison, entre le souffle et le pouls, entre le vice et l'envie, souple avec ses airs élastiques comme un corps de femme s'inclinant pour baiser Satan. Et dans sa somnolence profonde, il rencontre la vallée verte des forces mythiques, l'histoire de la page sorcière, le dépôt des fleurs intelligentes et abstraites d'un hiéroglyphe inaccessible. Les diables crachent sur ce corps toutes les injures pour punir sa

conscience d'un bavardage prolongé. Et ça a duré toute la soirée, jusqu'au bout, à la fin, dans l'infini. Il a été loque, invalide, insolent jusqu'à sa dernière tombe. Cet espace inexploré tapi dans le silence, accessible au rythme des gorgées d'eau trouble où il se réjouit d'avoir fui toute la soirée, d'avoir renoncé à la bataille contre les diables, contre l'émotion et la peur, la confusion et l'angoisse, mais cela ne durera pas, hélas…
Laisser errer son esprit dans le bruissement innocent tout doucement pour s'introniser dans un monde parallèle où le « je » ne se prive de rien ; un voyage entre les pages griffonnées d'une poésie consolatrice, écrite avec l'encre de la volupté loin de toute angoisse ou de frénésie quelconque. Et quand la magie finira, il se sentira maudit à jamais !

Et soudainement Nadjirou sent un vent lui caresser la joue. Il ouvre les yeux : c'est une belle athlète qui lui répète :
– « Monsieur, Monsieur, ça va ? ».
Il se réveille, surpris d'être la cible de regards curieux au milieu d'une matinée avec un soleil en action et de la plage à perte de vue… Quelle honte ! Il sursaute, se débarrasse du sable autour de son cou, de sa tête, de ses habits, vérifie son portefeuille et ment par réflexe à haute voix : « Oh seigneur, j'ai été agressé, cette nuit, par deux adolescents ! ». Le portefeuille n'y est plus mais il retrouve ses clés par terre. Et alors, les désintéressés s'engagent à le secourir avec des mots. Il se libère intelligemment pour regagner sa voiture jurant qu'il va mieux et pour disparaître.

Il passe chez lui se changer et prend son café habituel pour calmer son mal de tête. Elle est là silencieuse et ne reçoit de lui qu'un terrible bonjour froidement neutre. Elle n'a pas osé poser de questions. Elle n'a pas dormi de toute la nuit. Elle n'a pas diné. Elle ne comprend pas. Elle est terrorisée et se résigne pour fuir les disputes.

Dehors le soleil affiche son sourire matinal d'une humeur joyeuse. Mais là encore, Dakar se réveille en colère. Les routes sont bloquées par des manifestants. Des pneus brulés, des jeunes en colère, armés de pierres, et de pancartes, avec une folle adrénaline à casser les bus. Ils aboient, courent, lancent des pierres pour simplement se faire entendre. Ce sont encore des étudiants qui n'ont pas reçu leurs bourses. Ils sont là, comme à chaque fois, à braver la répression. Il faut piller, utiliser la force de la violence, terroriser, boycotter, ou tout bêtement s'immoler pour que les politiques réagissent. Ils attendent des tragédies pour régler le problème ou pour bricoler ! C'est tout à fait nul comme programme de développement.

Bien sûr qu'ils n'ont point de baguettes magiques, mais ils sont là pour régler les problèmes.

La lutte contre le chômage, un débat d'idées bien argumenté pour convaincre la masse ; la santé, l'éducation, le faible pouvoir d'achat, la décentralisation, la précarité des emplois et du milieu de l'entreprise, la gestion des ressources publiques, la limitation des trains de vie, la gestion des ressources naturelles, les énergies renouvelables… Et tout un tas de beaux discours de cérémonie… Pour la chaise, ils ruseront. Enfin ce sont qui, ils ? Nous bien sûr ! Car nous choisissons par passion.

Nadjirou est, en ce moment précis en train de préparer le pamphlet de sa vie. Pour une fois un essai ou un roman qui invitera à l'indignation. L'heure n'est plus au bricolage, au tâtonnement, à l'incapacité, aux promesses et à la guerre avec des procès bien politiques, à encourager le grand fossé entre riches et pauvres. L'heure n'est plus à défendre des intérêts partisans mais de la nation à bannir le détournement de fonds publics, ces blanchiments, les chefs de gangs et les crimes financiers. Ceux qui s'enrichissent sur le dos des peuples, doivent rendre des comptes après leurs mandats. Chaque pépite dépensée doit avoir un sens et un résultat bien précis, concret. Le monde n'a jamais été aussi riche de son existence avec beaucoup de potentiels, de nouvelles sciences dans tous les domaines, des découvertes, des ressources inépuisables mais une poignée s'est emparée de tout pour installer la crise dans les assiettes… Un raisonnement qui laisse naître de nouvelles idées loin de l'audace des baguettes magiques pour tout changer.

Dans certains pays africains, il y a cet acharnement à vouloir rattraper l'Europe au point de s'endetter sur des générations. On met les charrues avant les bœufs. Car une émergence ne saurait réussir dans l'endettement et l'importation de presque tout. Celle-ci commence par l'autosuffisance alimentaire ; quand le citoyen ne se souciera plus de quoi mettre à table, il se projettera dans son futur.

Nadjirou se persuade que ce mot laisse sous-entendre des bêtises et des rêveries futiles. Pour lui, le développement doit être un équilibre absolu entre les individus d'un peuple pour permettre à chacun de vivre libre, digne, décent, éduqué et en bonne santé peu importe les ressources. Sur ce, la médiocratie aime les chiffres comme « taux de croissance… ! »

Le téléphone de Nadjirou détonne une sonnerie bizarre pour interrompre ainsi toute cette vague de pensées en désordre. Il perd le fil de son raisonnement. À chaque fois que ça sonne, soit il ressent de la peur ou il s'énerve. Un bref moment de frissonnement lui coupe encore le fil des idées ; on insiste encore au téléphone.

C'est Marième, la secrétaire…
- Bonjour monsieur Nadjirou
- Bonjour.
- Tout le monde est là, il ne reste que toi, monsieur le directeur se pose des questions…
- Déjà ! Dis-leur que je serai là-bas dans dix ou vingt minutes ça chauffe dans la rue, dis que je suis coincé par les émeutes….
- J'essaye de te couvrir mais tu connais Kamara, il donne toujours une mauvaise impression de tout…
- Dis-leur donc que j'ai fait un petit accident mais rien de grave… Invente quelque chose…
- OK ! Fais vite alors

45

Encore un autre mensonge pour installer une éternelle médiocrité dans le travail. On se couvre tous à tort.

Un autre appel en cours.
- Allo, Nadjirou comment tu vas…
- Je vais bien Mactar alors quoi de neuf ? Ça fait un bail !
- Je suis cool, dis, tu peux passer cet après-midi ? J'ai une amie que je voudrais te présenter, elle travaille pour une librairie française. Elle est à la recherche de partenaires pour élargir son réseau en Afrique de l'Ouest… Bon bref, elle t'expliquera une fois sur place ! Sinon quoi de neuf ?
- Bon rien, à part me soûler, ça va comme je peux !
- Passe me voir pour qu'on en discute ; je sens encore tes problèmes de couple.
- Oui, mais pas exactement, cette fois-ci c'est bien plus compliqué, en fait, c'est moi le problème… Ça fait un peu bizarre.
- Ton problème, mon pote, ce sont tes romans ; il faut passer à autre chose… Des choses réelles, je veux dire.
- Tu n'as rien compris, c'est du sérieux Mactar !
- Donc on aura l'occasion d'en parler, je t'attends hein…
- OK, à plus.

Enfin il arrive et aperçoit Marième à l'entrée. Heureusement, Monsieur le Directeur a pris une pause-café pour se remettre les idées. Ce jeu de taupe déplait à Kamara. Il transpire de colère et déplore cette philosophie laxiste du directeur, qui fait semblant de dissimuler cette attitude gauche en fermant les yeux. Il murmure des trucs en regardant Marième et Nadjirou d'un coup de mépris profond et d'une violence certaine, en manifestant clairement sa colère.

En apercevant le directeur au bout de la table, Nadjirou le salue avec un air détendu et s'excuse de son retard. Le directeur lui coupe la parole et dit :

- Heureusement pour nous que tu es sain et sauf ; je viens d'annuler la rencontre ; nos partenaires viendront demain, j'espère qu'il n'y aura pas d'accident, cette fois !

Chapitre 7

Nadjirou quitte son bureau pour rendre visite à Mactar, comme convenu. Il fait presque quinze heures. La chaleur envahit tout Dakar. Le soleil est à son zénith avec tous ces rayons jaunes d'ambre en contact avec la peau noire luisante de gouttes de sueur huileuse, le front lisse avec les courbures d'angoisse, d'inquiétude et de fatigue s'annonçant de plus en plus, se frayant une place. Les vitres de certains immeubles de face au soleil rendent la vue beaucoup plus pénible de leurs images floues sur les yeux.

Soudain, l'édition d'information retient son attention. Il augmente le volume de la radio. On a ouvert le feu sur les étudiants. La brigade anti-émeute, débordée, a tiré à balles réelles sur les manifestants. La situation a viré ainsi au drame et en bataille sans merci dans les rues.

Il enlève son costard rouge et s'essuie le cou et tout autour du visage. Ces étudiants, revendiquant leurs bourses, ont fini par déraper. Et c'est de cette manière qu'ils les corrigent. Pourtant respecter chaque engagement à leur égard, c'est déjà les former au respect des institutions, des valeurs civiques et installer en eux un sentiment de reconnaissance et de patriotisme. Avec ces dégâts, l'affaire évoluera en une crise profonde. Les partis politiques s'en mêleront pour en faire un combat politique. De cette manière, on se rejettera les responsabilités encore et encore, comme d'habitude. L'opposition, elle, appellera à manifester pour le respect des droits de l'homme, pour la justice et l'égalité, et la démission du président de la République, comme d'habitude. Une vérité, certes, mais une attitude pour mettre de l'huile sur le feu et précipiter la chute d'un pouvoir élu démocratiquement.

Des hommes que personne n'écoutait, deviennent en un jour une vasque d'espoir d'un peuple désespéré. Le peuple oublie leurs vieux cadavres, leurs images tachées de sang et leurs discours mensongers, comme d'habitude. Certains d'entre eux sont des délinquants fiscaux ou mafieux corrompus jusqu'aux os.

Dans cette situation, le peuple à leur merci, c'est leur tour d'avoir, pour une fois, raison. Une stratégie manipulatrice mûrement réfléchie pour se donner une image crédible face à l'opinion internationale, comme d'habitude.

Pour ne pas risquer de se faire arrêter, Nadjirou contourne en prenant l'autoroute pour ensuite se faufiler entre les ruelles. Il fait le grand tour, aperçoit enfin l'auberge et cherche ainsi un endroit pour stationner.

Mactar, ami de longue date, d'enfance, de galérien avec qui les secrets les plus intimes sont depuis toujours partagés. Ils ont fréquenté ensemble l'université.

Mactar s'est vite démarqué en créant son business. Un réseau informel d'auberges dont il est le principal actionnaire ; très tôt débrouillard, sans aucune hésitation, en se fiant tout juste à son imagination. Le principe était de créer un espace de liberté contrairement aux codes moraux et religieux. Personne ne s'y opposait. Et alors c'est devenu lucratif. Pour Nadjirou, ce lieu inspire la débauche et ne lui plaît pas du tout bien qu'il le fréquente souvent.

Nadjirou entre et fonce directement dans l'atelier où, généralement, il se trouve s'affairant sur ses toiles. Une grande maison de deux étages avec une dizaine de chambres, une gargote au rez-de-chaussée où des soirées improvisées sont régulièrement organisées avec des artistes fauchés ou méconnus du grand public pour égayer un public majoritairement blanc. Des réseaux de prostitutions bien présentes alliant l'alcool, la drogue et les excès.

Mactar aime faire le gars louche avec ses airs mitigés et son style ringard d'artiste fauché.

Une pièce neutre, un peu retirée au loin, à l'abri des regards, des murs tachés de toutes les couleurs où les pinceaux laissent leurs traces, quelques bérets accrochés sur le mur comme pour immortaliser une âme imaginaire, maître inspirateur à la persévérance expressive. Certaines œuvres sont déjà accrochées aux murs. Il travaille sa collection sur la folie humaine.

L'expérience est d'essayer de montrer jusqu'où le mal traverse l'esprit humain avec le meurtre, le cannibalisme, l'inceste, l'arnaque, la représentation du diable, les symboles sataniques, l'extrême violence, l'excès de sang, les génocides, l'excision, la dictature, la répression ; en quelque sorte l'état le plus fondamental de l'absolue monstruosité de l'être humain.

L'art lui laisse la possibilité d'explorer son fond intérieur pour découvrir la vie en harmonie, avec toutes ces horribles idées dissimulées pour franchir cette barrière de la paix avec soi et laisser un esprit dans une bataille infernale de chaque minute. Il devient dans son monde, un monstre pour exprimer la nature de la face cachée avec l'idée précise que l'art inspire la belle folie de la vérité absolue.

Nadjirou s'arrête devant ces femmes en deuil, habillées en noir, les mains tatouées au henné, leurs bouches sans dents, grandement ouvertes et les yeux cachés par un foulard transparent.

Les pieds semblent s'enfoncer dans le sable rouge du désert. Et une d'entre elles se déshabille, le corps velours, les seins pointus, toute heureuse, comme libérée d'un immense fardeau. Ses cheveux débordent comme un feu vif, ses yeux ensoleillés grandement ouverts, émerveillés, laissent découvrir la beauté de son visage et ses dents, d'une blancheur éclatante, scintillent avec la lumière du soleil.

Nadjirou s'émeut de toute cette poésie que le tableau illustre. Un tableau que peut commenter l'amateur, l'intellectuel ou le profane car tout dégage une sorte de peur et de liberté, de grâce, d'une jeunesse épanouie et damnée avec un message subliminal révélant ce thème sensible sur la pudeur féminine, ou tout simplement la folie de ces corps de femme.

Un peu plus loin, Nadjirou découvre un autre tableau tout à fait simple mais dégageant une puissance séductrice fort touchante. C'est une silhouette fuyante, en direction d'un cercueil pour se cacher d'une tornade de billets. À première vue, il a eu l'impression que la chose fuit l'argent. Mais en s'y penchant, il se dit que la chose hâte peut-être sa mort au lieu de ramasser les billets. En plus des incompréhensions, des choses non dites se laissent deviner une dimension floue de l'approche artistique sur la folie humaine qui, en réalité, laisse paraître une intelligence opaque de sens. Et la question bien évidente de Nadjirou est de savoir pourquoi il fuit. Est-il complètement fou ou trop intelligent à vouloir hâter sa mort ?

En toute simplicité, la folie de Mactar s'exprime avec un ton de couleurs, de formes, beaucoup d'incohérences. Une belle folie du langage de sa nature sombre, de ses peurs, de sa cruauté et surtout de ses faiblesses.

Il porte des rastas qui couvrent son visage. Passant ainsi pour un vétéran de la Première Guerre mondiale. Complètement déconnecté du monde par ses joints qu'il charge de cannabis. Il rejette toute évolution de la modernité et s'invente une révolution imaginaire. Selon son principe « ROOT », il revendique une certaine identité propre, avec une philosophie impénétrable de mode de vie et de style à laquelle Nadjirou ne comprend que cette drôle de façon de s'habiller, de parler, de se comporter, et de laisser pousser ses cheveux. Il refuse le progrès, tout simplement. Ses grosses lèvres noircies par la fumée, le nez écrasé, la barbe débordante en témoignent du refus de tout pour se démarquer et se faire l'étiquette d'un « bay fall ».

Nadjirou, dans l'atelier, se faufile entre le tas d'un désordre brouillon de carcasses, de matériaux de toutes sortes. Mactar a senti sa présence mais de dos, courbé, en pleine concentration devant sa passion sans donner l'impression d'être dérangé, penché sur sa toile, complètement absorbé par l'imagination, il relève les manches de sa chemise à chaque occasion.

À la main gauche, une palette de couleurs mélangées avec soin, et une série de pinceaux debout dans un bocal qui a servi à conserver du café mais récupéré comme bocal à pinceaux. Il porte un pagne gris taché de couleurs, enroulé autour de lui-même comme un chef cuisinier.

Nadjirou admire ce lieu hors du commun autour du désordre en excès d'inspiration et inspirateur d'une quiétude divine. Il envie Mactar d'un coup. Car tout au moins, bien que seul, il s'épanouit dans son monde bien à lui, absent. Un tout qui absorbe l'esprit ; ni la femme, ni les coups de cœur, les déboires, ne lui injectent leurs poisons mortels. Et peut-être qu'au fond, il fuit l'homme qu'il est avec ce masque d'artiste.

Mactar se retourne et dit :
- Alors Nadjirou, tout à l'heure tu m'as sérieusement inquiété, que se passe-t-il ?
- Je veux quitter Saphiètou, dit-il en bloc pour décharger toute l'angoisse qu'il retient.

Mactar, surpris, tout à fait stupéfait. Lui qui, jusque-là, n'a rien vu venir.
- Vous vous êtes disputés ? lui demande Mactar en posant son matériel d'artiste sur la table et en se laissant tomber sur une chaise.
- Non, elle ne m'a rien fait, je ne l'aime plus, c'est tout !

- C'est fou tout ça, je ne comprends pas, explique, c'est quoi ton problème ?
- Je ne suis pas heureux avec elle, je fais semblant, je m'ennuie, et tout ça m'angoisse ; je me sens à la fois victime et coupable et tu es bien au courant de ma relation avec Adja.
- Hey ! Ouvre un peu les yeux, il y a quelque chose de louche dans tout ça ; tu as une femme qui t'aime, prête à tout vraiment, ne va pas gâcher tout pour cette jeune fille...
- la vérité est que j'ai attendu toute ma vie, dans mes songes, un bébé. Avec l'attente, j'ai fini par étouffer mes feux ; dans ma patience je me violente l'esprit, je suis confus... Je veux un bébé et je n'aime plus Saphiètou !
- Il y a une chose qui m'échappe, d'où te vient cet acharnement... Je ne suis pas d'accord, ne prends pas une telle décision, au moins, réfléchis encore. Et en plus on ne se marie pas simplement pour avoir des gosses ; ne serait-ce que par respect pour elle ; tu n'as aucun droit de lui infliger ça ; c'est insensé...
- J'ai rencontré cette jeune fille, Adja, elle est très belle ! Je l'ai rencontrée au moment où je ne vivais plus. J'avais perdu tout espoir de refaire ma vie. Je me suis laissé aller. Je ne peux pas non plus vivre éternellement en cachette avec elle. Quand je suis avec elle, je ne sens plus le temps passer, on discute de tout et elle me comprend. Et souvent je me sens victime, je me sens indigne de la confiance de Saphiètou ; la maison m'ennuie, je m'ennuie devant la page blanche, elle dort, rien ne se passe, je m'ennuie avec elle, je réfléchis, c'est pénible... Je me sens en prison chez moi !
- Et qu'est-ce que tu vas faire ?
- Quitter Saphiètou et épouser Adja !
- As-tu pensé à la jeunesse d'Adja ?
- Oui, tout le temps, depuis toujours mais continuer à se mentir soi-même est la pire torture de la conscience.
- Tu ne peux pas changer les choses du jour au lendemain. On ne peut pas rayer certaines personnes de sa vie quand on les a trop impliquées. Vous êtes ensemble depuis tant d'années ; je

pense que tu devrais dépasser ces émotions, ces crises ; je pense qu'elle est aussi vulnérable que toi ; et qu'est-ce que tu crois que les gens penseront d'elle, de sa famille et de la sienne, de sa mère qui ne voulait pas de ce mariage, tu te souviens ? On trouvera bien la cause ; ils vont tout simplement dire que si son mari l'a quittée après tant d'années pour se remettre avec une autre, c'est parce qu'elle est sèche comme le bois. Tu connais cette masse de parents et d'amis qui apprendront la nouvelle, et puis, et puis sa dignité est en jeu, on n'est pas en Europe, ne te projette pas dans une autre société, nous avons des réalités ici, des mœurs...

- Je suis perdu dans cette hypocrisie ; je ne veux pas de ça ; je veux être sincère en moi-même et lui dire la vérité qui m'habite même si ça peut faire mal sinon je vais étouffer. Je me suis remis à écrire mais je suis en panne d'inspiration parce que je ne parviens plus à la regarder en face, et je sais qu'elle sait que je la trompe et son silence me déchire le cœur, il faut qu'on en finisse.

- Eh bien le passé nous rattrape toujours cher ami, peu importe le moment. Même si nos intentions sont fondées, il y a une partie de nous, pudique, qui ne veut pas être jugée par n'importe qui ; et d'autre part on ne sait jamais.

- Il est vrai que la vie est absurde si elle nous prive de tout...

- la réalité est toute autre ; ceux qui le disent revendiquent bien plus que ce qu'ils ont trouvé.

- Il faut bien être libre dans ses choix, et puis la liberté ne porte pas de masque, c'est un état d'esprit et on ne vit qu'une fois.

- Oui, mais des fois on se trompe.

- Je ne suis pas athée mais je fais la part des choses ; je veux vivre, je crois que j'en ai le droit...

- Je comprends que le fait de se justifier c'est déjà beaucoup dire...

- Je suis venu te voir pour limiter les dégâts...

- Eh bien la vie n'est un pas roman...

À ces mots, une vague de silence prend le dessus. Puis Mactar se

rappelle de l'affaire au téléphone et, après un souffle, lui dit :
- À propos du truc de tout à l'heure, ils m'ont bien présenté leur projet et je pense que ça devrait t'intéresser. Viens, suis-moi…

Ils sortent alors de l'atelier et se dirigent vers la gargote.

Chapitre 8

« ... Ma pipe d'érable au généreux foyer
De tabac hollandais fume
Comme incendie en forêt au seuil d'Avril... »
Malick Fall, « Relief ».

Ils entrent dans la gargote et prennent place. Mactar affiche toujours son incompréhension face à la décision de son ami. Il sourit puis murmure :
- Alors tu es sérieux à ce point ?
- Parlons d'autre chose monsieur l'artiste ; où sont tes amis, pour commencer ?
- Ils vont bientôt descendre. Ils ont réservé quatre chambres ici. Tu veux quelque chose ?
- De l'eau, s'il te plait.

D'un signe de main, la serveuse vient aussitôt. Une jeune fille, une belle négresse habillée en noir et blanc.

- Je vois que tu as nettement évolué depuis sur tes tableaux, dit Nadjirou, tout souriant. C'est super ! Ne serais-tu pas en train de devenir fou par hasard ; ce tableau avec ces femmes et ces trucs bizarres m'a vraiment stupéfait. Peut-être que je suis en train de perdre mon ami.
- C'est moi qui devrais dire ça ; mais bon, disons que je suis mes pulsions ; là où elles me mènent devient mon terrain de jeu. Je le fais d'abord pour moi, pour une satisfaction

56

personnelle. Pour ce qui est du reste, j'aime l'intimité des couleurs. Elles ont une âme, et je me laisse tout simplement emporter.

Un groupe de cinq blancs dont trois femmes approchent.
- Les voilà, ils sont là, dit Mactar, en interrompant ses explications ; elle, c'est Cécile, Louise, Suzanne, Pierre Antoine et Simon ; lui, c'est Nadjirou.
- Enchanté, murmure Nadjirou à chaque fois.

Quelques plaisanteries.

La jeune négresse arrive avec des plateaux. Les fameux plats sénégalais : le riz au poisson, le mafé, yassa au menu, garnis de légumes. Tout au long du repas ils rient, plaisantent, font semblant de se connaître ; un cirque de courtoisie qui donne l'impression d'être en vieilles retrouvailles. Elle se plaint du goût très épicé, elle, cette blonde au corps inhabituel, extraterrestre ; avec ses lèvres rouges, le regard perçant, les yeux bleus avec ses lunettes qu'elle réajuste de temps en temps d'un geste discret ; ses dents blanches comme une page ; les cheveux lisses bien attachés. Un visage sans boucles d'oreille, sans maquillage, avec un collier en bois autour de son cou descendant jusqu'à sa poitrine presque. Ses ongles recouverts d'émail rouge, un bracelet qui va bien avec son collier et ses doigts minces sans bague amusent la curiosité.

Nadjirou, la regardant d'une façon neutre, insoupçonnée, sans dire mot, comme envoûté, flippant pudiquement finit par renverser le verre d'eau devant lui ; tout gêné de se sentir gauche et stupide.

Cécile écoute Mactar avec une de ces patiences ! Et le regard luisant. Sa bouche affiche un sourire permanent, ses yeux illuminés par un visage parfait. Elle écoute avec beaucoup d'intérêt. Comme une jeune fille devant le premier amour de sa vie. Comme perdue dans ses mots, elle répète ses gestes sans s'en rendre compte, éclate de rire avec lui, hoche la tête pour affirmer son avis ou non.

Mactar aussi, cache bien son jeu de séducteur en mettant en avant ses talents d'orateur avec un accent parfait qui glisse de ses grosses lèvres avec tout le charme des belles expressions.

Tout un art du langage tantôt qui bascule dans un vocabulaire vulgaire, un argot de banlieue sans gêne. Il parle de tout. Souvent ses mots choquent pour casser la barrière de pudeur de ces gens à dire leurs envies. Sans argument devant toute cette éloquence, il s'offre en spectacle tout à fait banalement dans bien des domaines. Tous restent surpris, choqués, amusés, flattés ; parfois, entrainé dans ses histoires de filles, de conquêtes et d'amourettes, il expose sa véritable personnalité par ses airs moqueurs et ses nombreuses blagues. Il a l'esprit libre d'un grand enfant, d'un voyageur sur toutes les routes, dans tous les sens, qui déniche les secrets de la vie. C'est en réalité un grand voyageur dans l'esprit ; quelqu'un qui écoute toutes les versions, de cultures différentes. Des façons de faire tout à fait en déphasage avec les réalités de son vécu. Une ouverture universelle, avec un style bien à lui qui lui procure une personnalité particulière : chaussures locales, espèce de sandales en cuir de couleur marron, une boucle d'oreille accrochée sur la gauche, et des bracelets qu'il fabrique lui-même.

Après quelques moments de drôleries, il allume sa pipe ; aussitôt Cécile lui dit :
- Pourquoi tu t'empoisonnes de cette manière ?
- J'aime fumer, lui dit Matar d'un air désintéressé, c'est un art, la classe, du style et ça me plaît.

Elle éclate d'un rire fou. Puis elle ajoute :
- C'est l'alibi le plus nul que j'ai jamais entendu.
- La bonne nouvelle entre un fumeur et un non-fumeur, continue Mactar, c'est que dans les deux cas on est bien ; c'est-à-dire on le fait ou pas ; ça va de soi, un point et rien d'autre. Peu importe toutes les théories autour ; l'essentiel est d'être bien

dans sa peau avec ce qu'on choisit : ne jamais en toucher ou bien s'empoisonner.

- Ah bon ? Dit Cécile, toute stupéfaite.
- Oui ! Il faut dire qu'elle est loin de ce qu'on croit d'habitude ; de l'inspiration et ça empire la situation en cas de déprime. Mais elle reste pour moi un simple art ; le fait de serrer sa cigarette ou sa pipe entre ses lèvres avec tout le plaisir de laisser la fumée se rependre avec son souffle ! C'est tellement poétique et ça donne des idées. La magie vient de là en réalité. C'est un problème de style et de sensation anticonformiste. Je vogue en sens opposé de la médiocrité et de l'hypocrisie morale.
- C'est ton art à toi ! intervient Nadjirou, tout à fait à toi ! Quel idiot !
- J'ai toujours cette impression que le fumeur cache toujours quelque chose ; je suis fumeur comme toi mais pas n'importe comment. C'est une envie qui me traverse l'esprit que je ne veux assumer. Peut-être qu'on meurt bien de quelque chose et je me dis souvent que je fous ma vie en l'air. Mon père fumait beaucoup.
- Mais bon, si tous sont si exposés aux risques pourquoi ne pas rayer la cigarette des marchés ? Précise Louise.
- Et qu'est-ce qu'on fera des fumeurs déjà accros ? dit Mactar !
- Les laisser souffrir, pour sauver des générations, rajoute Nadjirou ! Moi, ça fait six mois que j'ai arrêté, je souffre de tous les maux, je me sens souvent perdu dans un bruit ; j'entends des voix, j'hallucine mais pour un but bien précis ; pourtant maintenant je parviens à l'oublier pendant des jours si tout va bien.
- Faudra arrêter de manger, de boire d'utiliser de l'essence, les parfums, les encens et finalement tout, car tout est dangereux pour la santé, l'alcool l'est, les produits cancérigènes sont là, et partout.
- Je serai d'accord sur le principe qu'on limite les excès et qu'on laisse à chaque individu sa liberté de se cogner droit dans le mur ! Je consacre mon temps à autre chose, par

exemple : la musique ou la littérature, poursuit Nadjirou
-   Tu essayes de changer de personnage pour fuir une envie, intervient Louise, qui suit la discussion, contrairement aux autres qui murmurent entre eux.
-   Et quand je cède à mon envie je deviens confus et coupable devant mes promesses, reprend Nadjirou
-   C'est fou de vouloir être à la fois bien et juste dans sa conscience, continue Cécile.
-   Le tabac, clope, cigarette, comme tout ce qu'on peut l'appeler est comme une musique. J'ai toujours joué cette musique depuis tout petit, je gardais des mégots de mon vieux père entre les pages de mes bouquins. Elles s'aplatissaient comme des feuilles et y laissaient leur parfum. Et en ce temps-là c'était à la mode. Et après des douces et des dures, c'est devenu une habitude. La nicotine ne me lâche plus.
-   Tu es un parfait mytho, dit Nadjirou.

Les rires entrainent aussitôt tout le monde. Ils se mettent à chaque occasion debout comme des conteurs, se moquant de tout, quitte à paraître ridicules.

Le traditionnel thé s'en suit. Une petite tasse transparente avec de la mousse dessus. Un reflet noir et blanc dont la recette simple mais mitonnée sous le silence des heures et des secondes qui cèdent aux bavardages.

Sur la table, un désordre de nourriture. Des assiettes à moitié vidées, poissons déchiquetés, légumes découpés follement par des cuillères affamées, cruelles aux claquements. Un bruit témoin de l'appétit et de l'instinct humain à satisfaire une envie : ouvrir délicatement la bouche et glisser tout doucement une cuillerée, mâcher, lentement, prendre son temps et sentir la faim disparaître peu à peu de son corps. Manger bien à sa faim, étancher sa soif, une chose tout à fait simple pour certains, mais casse-tête pour bien des familles à assurer deux repas de la journée. Le portefeuille est devenu tout simplement de la nourriture potentielle. Tout est destiné au ventre. Les dignes prisonniers des assiettes. Pourtant la nature, si bien répartie ; la faute des hommes qui cultivent la peur de demain. Il suffit de faire cent mètres pour découvrir le choc de sa vie : la faim, une épidémie plus grave que les maladies craintes et pourtant ça ne dérange personne. Car on se fait vérité de manger à la sueur de son front, certes. On crée des hommes et des sous-hommes. Tuer la fierté au travail, parler d'institutions fortes, de croissance, de liberté, de démocratie et bien des choses alors que cette épidémie contamine tout. Elle expose ses victimes dans le désespoir et la dépendance absolue. Le capitalisme va bouffer tous les hommes !

Nadjirou se perd dans l'ambiance du décor. Son esprit traverse les réalités quotidiennes à chaque coin de rue. Des questionnements sans fin l'isolent. Manger bien, avoir un toit, être soigné et éduquer les jeunes. Les discours à promesses sucent l'espoir du pauvre jusqu'aux orteils ; endoctriner, mettre les esprits à feu et à sang pour des positions politiques. De véritables comédiens pour un projet personnel.

Nadjirou sent des frissonnements au corps et ses yeux s'affaiblir puis il se reprend et se sent ridicule d'être passé à côté de ce que Mactar était en train d'expliquer…

Chapitre 9

« ... (Le parti unique, le savez-vous ? Ressemble à une société de sorcières, les grandes initiées dévorent les enfants des autres)... »
Ahmadou Kourouma, « Le soleil des indépendances ».

Cécile hésite un moment puis dit :
- Mais j'ai suivi à la télé ce matin ces séries de meurtres dans la sous-région... et j'avoue que j'ai peur que ça dégénère ; on dirait qu'on est venu pile au mauvais moment...
- Vous feriez mieux de plier bagage, réplique Mactar, la révolution approche, la rébellion est en train de remonter vers l'Est, ils ont déjà conquis le sud et les négociations ont encore échoué, comme toujours ; sans blague il faut toujours prendre ses précautions... C'est la triste vérité ! »
- On connait la chanson, intervient Nadjirou, c'est la perpétuelle répétition ; le temps des coups d'État n'est pas révolu à cette heure où les peuples attendent un miracle pour améliorer leur quotidien ; moi je n'ai plus d'espoir en tous ces gens qui prêchent la démocratie ; à voir tout ce cirque le peuple n'a pas encore atteint la maturité. Il y a toujours cette pollution intellectuelle autour...
- Démocratie en Afrique c'est bien beau pour l'image reflétée face au monde entier mais elle ne rime à rien car ce sont ceux qui dirigent qui fixent les règles et tirent les ficèles à leurs comptes, précise Mactar. Tout le monde sait qu'ici en Afrique le président n'organise des élections que s'il est sûr de les gagner ou modifie la constitution en sa faveur ; que de beaux

mots superflus ! Tout ce qu'on entend : crier sa colère, critiquer débattre, faire la grève et semer le désordre pour être satisfait ; ainsi passer à côté de l'essentiel. Il nous faut éveiller les peuples pour qu'ils comprennent le sens de la démocratie.

Cécile l'interrompt et ajoute
- Je pense plutôt que c'est le meilleur moyen pour éliminer les dictateurs du monde ; c'est impensable que des chefs d'État s'enrichissent sur le dos de leurs peuples, qu'ils s'adonnent à des trains de vie d'empereur, et qu'ils soient vénérés. J'ai été choquée quand j'ai entendu, pour un pays aussi pauvre, qu'il ait des détournements de fonds publics de plus deux cents milliards ! Il vous faut des institutions fortes contre cette injustice, c'est un génocide financier ; que tous ces chefs de guerre qui ne songent qu'à leurs intérêts soient traduits en justice, jugés au nom des droits de l'Homme.
- Ces gens sont tous politiciens de métier, continue Mactar, et ils font la démocratie. Ils l'ont montée de toutes pièces, ils infiltrent les institutions et y placent leurs éléments ; ils manipulent les juges, ils corrompent le peuple, ils corrompent les députés ; ils contrôlent tout et font semblant d'être neutres, transparents ou animés de patriotisme pour se partager en douce le gâteau, les biens publics et spéculer les fonds à l'étranger ; ils sont omniprésents…

Nadjirou, silencieux, puis dit :
- Je reste convaincu que le peuple doit être éclairé dans cette transition démocratique poussée à l'extrême et qu'on devrait faire attention car il faut voir que c'est devenu le chemin par où passent les mal intentionnés depuis un certain temps ; d'abord ils nous parlent d'institutions fortes, de transparence, de rupture, de liberté d'expression… Et la presse que moi j'accuse le plus, qui fait tout pour occuper le citoyen et détourner son attention, le manipuler selon les aspirations des politiques, spéculer sur des détails pour faire de la propagande, de la démolition médiatique ; de la focalisation sur des sujets

qui n'améliorent en rien le quotidien des populations et qui occupent le temps des commentaires et des représailles. Liberté d'expression, oui, je suis tout à fait d'accord mais il ne faut pas donner la parole aux semeurs de trouble, aux cancres qui ne font que mettre de l'huile sur le feu ; faire des médias un champ de bataille verbal où on s'insulte aujourd'hui et s'allie demain. Il faut recréer le leadership dans nos pays ! Des hommes assoiffés de sang, qui arment ou endoctrinent des adolescents, semant le trouble, dictateurs dans leurs partis, secrétaire général à vie n'ont rien à faire ici. Ils ne doivent pas être écoutés ! Cette misère extrême où l'ouvrier est endetté, le fonctionnaire dépendant et esclave de son salaire, et le chômeur désespéré au point de s'immoler, doit être leur préoccupation ou bien qu'ils nous foutent la paix !

-   À vrai dire, continue Cécile, je ne comprends pas non plus la démocratie plus que vous ? Des nuances peut-être ! Mais le peuple doit prendre la parole et même si ceux qui rôdent autour du pouvoir, ces opposants, ne sont pas meilleurs, qu'ils proposent un programme bien libellé, un projet de société convaincant. Et ils peuvent être légitimes si le peuple les choisit ; l'essentiel est que tout soit transparent et qu'ils s'engagent à respecter le programme et qu'ils rendent des comptes...

-   Ha bien voilà le problème en Afrique, insiste Mactar. Ils n'ont pas de programme; ils ont des promesses. Et ces promesses ne sont jamais tenues ; la démocratie, c'est aussi le paysan, l'éleveur qui est à l'intérieur du pays illettré, qui se suffit de ses revenus, qui n'a point accès à l'eau ni à l'électricité et qui est un citoyen comme les autres. Et ils sont beaucoup plus nombreux que les avertis des villes ; on les considère comme des électeurs faciles à manipuler. L'intérieur du pays est un paradis de voix électorales. Ils ne connaissent pas grand-chose de ce qui se passe dans le pays, l'information n'est pas accessible. On leur montre le positif de nos gouvernements. Les pages sombres sont censurées. Ces gens simples ne connaissent pas l'informatique, beaucoup ne savent ni lire ni écrire, ils crèvent de faim avec leur bétail, ils sont malades, avec des épidémies fréquentes. J'ai été à l'intérieur du pays dans ces villages où on ne trouve pas de centre de santé, où les femmes enceintes ne font jamais de consultations prénatales et au moment de l'accouchement, elles perdent la vie le plus souvent avec un infirmier qui fait le travail du médecin chirurgien, de l'anesthésiste, du gynécologue. Ces citoyens simples qui ne savent pas l'importance du devoir de vote, avec des illusions et certains croient que le président est choisi par Dieu ! Et non pas par eux-mêmes. Et ils voient en eux le pouvoir d'améliorer leurs conditions de vie désespérée et primaire. Qu'est-ce qu'ils connaissent de leurs droits, de la démocratie ? Voilà ceux qu'il faut sensibiliser, éduquer par rapport à la démocratie, leur expliquer qu'ils ont droit à l'électrification, à l'accès à l'eau, à l'éducation ; que leurs cartes ne doivent pas s'échanger contre des sacs de riz ou contre des billets.

- C'est franchement horrible, poursuit Cécile, ce que vous dites là, bon moi personnellement j'ai remarqué que la politique est devenue un business à l'échelle mondiale, avec ces pays pauvres d'Afrique c'est pire alors…

- La réalité est toute autre, reprend Nadjirou, L'Afrique n'est pas pauvre, moi je refuse de le croire. On n'est pas du tout pauvre. On est appauvri de jour en jour par le détournent de fonds publics. On a des bras habitués à travailler la terre, on a de l'eau, du soleil ; on a des terres, la plus jeune jeunesse du monde ! On rejette la faute sur L'Europe, vrai certes ; étant jeune étudiant, on rêvait d'un pays à l'image des États-Unis d'Amérique avec un système capitaliste, une liberté des affaires pour accélérer le développement et la création d'emplois mais cela ne fut pas le cas, la crise est là ; et le problème c'est les voleurs !

- Pendant la période électorale, resurgit Mactar, j'ai été témoin, et surpris de voir des hommes politiques avec des mallettes d'argent acheter des cartes à 10 000 FCFA ; ils prenaient les cartes des électeurs et les gardaient jusqu'à la fin des élections pour les rendre. Il y en a qui ont distribué 5 kilogrammes de riz, des paquets de sucre et 5000 FCFA de porte en porte pour des cartes. Et le comble pour les démonstrations de force, les bains de foules et meetings, les déplacés sont payés 2000 FCFA par jour…

- C'est un vrai scandale, dit Nadjirou, qu'aux yeux de tout le monde on ne fasse rien ça doit cesser ; il faut les traduire en justice…

- Bien sûr ! Et Heureusement pour nous, reprend Mactar, car ce n'est pas tout. Dans d'autres pays de la sous-région ces populations du milieu rural sont terrorisées par des mouvements rebelles armés souvent dirigés par des leaders politiques pour déstabiliser un régime avec des seigneurs de guerre qui revendiquent des choses tellement futiles devant les urgences. Tous ces jeunes qui s'immolent, ces étudiants qui perdent espoir et qui préfèrent fuir, aller travailler et continuer leurs études à l'étranger avec tous les problèmes que ça implique : l'intégration, le nationalisme, le racisme, et les injustices subies. Et l'émigration clandestine, ces jeunes au bord du gouffre qui n'ont plus rien à perdre, qui n'ont aucune formation et aucune qualification, qui pensent s'en sortir après avoir été déçus, qui poursuivent un rêve à l'autre bout du monde comme si le paradis les attend face à une crise qui secoue le monde ; c'est le comble ! La honte !

- Je ne vois pas en quoi en avoir honte, précise Nadjirou, ces mêmes problèmes ont bien existé partout dans le monde avant. On est des hommes comme les autres au même titre, l'émigration a toujours existé. Et ce qu'il nous faut c'est relever des défis afin que nos jeunes restent : travailler la terre par exemple, cibler un problème et le combattre ; il faudra qu'on revoie nos priorités. Commençons par recruter tous ces diplômés, médecins et infirmiers qui chôment. Proposons leur quelque chose, essayons de leur donner les moyens ; pourquoi pas des bases militaires mixtes dans les zones les plus reculées où de jeunes diplômés vont travailler en collaboration avec l'armée pour la population. Le secteur agricole peut développer un pays. Valorisons le travail des paysans en mettant un suivi de la production jusqu'à la consommation avec des produits diversifiés pour l'autosuffisance alimentaire. Pour l'énergie et la technologie impliquons les universitaires afin qu'on utilise nos propres ressources en développant la recherche…. Moi je suis optimiste, on peut trouver des solutions simples et concrètes avec des budgets à notre portée et se débarrasser de la mauvaise graine ; ceux qui font de leur métier une lutte politique, qui s'unissent dans le mensonge et se séparent en ex-frères de parti ; et qui broutent partout…

- Comme vous, soutient Cécile, c'est vrai que nous sommes des citoyens lambda ; nous avons aussi certaines zones d'ombre sur la marche des choses mais plutôt que des révolutions dans la force, la haine, la vraie guerre c'est l'éducation…

Ils finissent la partie de scrabble et le thé est servi de temps à autre. Pendant tout ce temps, Pierre Antoine discute avec la serveuse. Il lui parle. Ils sourient. Apparemment ils ont l'air de bien s'entendre. Peut-être un coup de foudre ? Qui sait ? Awa travaille dans cette gargote depuis quelques mois. Nadjirou se pose des questions sur ce qui est en train de se passer. Il regarde cette fille, Awa, souriante.

À cet âge, avec cette conjecture extrême, cette pauvreté, pourquoi repousser les miettes d'espoir qu'un blanc, presque finissant, la tête grise, on dirait son père, propose ? Pourquoi ne pas sauter sur l'occasion en or et tirer toute sa famille : son père, sa mère, ses frères, ses tantes et ses oncles, la grande famille de la banlieue, en location dans une maison de quelques chambres, avec une promiscuité affreuse ? Pourquoi ne pas rêver d'Europe de la neige, du printemps et de l'hiver, des gratte-ciels et des hôtels, des promenades sous les lumières de la tour Eiffel, la descente des Champs-Élysées, les restaurants de luxe, les foules blanches, la mode dans sa révolution des couleurs, le style de vie que ses amies ont choisi ?

Pourquoi ne pas espérer la belle vie aux bras d'un vieux et quitter le petit amoureux avec des mots d'amour dans les poches ? Pourquoi ne pas faire comme toutes ces filles, elles, ses amies, qui ont fréquenté des blancs et s'en sont bien tirées ? Il la regarde et ces mêmes questions reviennent encore et encore ; il a vu tellement d'exemples. Des filles déçues et haïssant leur vie après l'illusion d'un bonheur, ce bonheur frôlé qui disparaît dans la réalité, dans la routine et le regret. Il y'en a qui, dépossédées de leur jeunesse, anéanties par l'ennui, se sont suicidées.

Elle s'est laissée embarquer, peut-être, dans une histoire d'amour à sens unique. Elle pour l'argent, et lui qui, peut-être, pour l'amour. Éblouir les yeux de billets de banque, les parents ! La fin de leur souffrance quotidienne. Elle se verrait riche, épargnée. Et peut-être qu'au bout de deux ans, elle reviendra seule, abandonnée ! Qui sait ?

Nadjirou veut lui dire : « sois digne et résiste encore, tout peut changer d'un jour à l'autre ; ne vends pas ta beauté à vil prix ; c'est beau de rêver mais la réalité est tout autre » ; lui dire qu'il a peut-être une femme et des enfants, qu'il tournera la page aussi vite du jour au lendemain ; lui dire qu'il a voyagé et a vu toutes ces malheureuses sur Paris qui se tuent pour à peine avoir de quoi payer le loyer et à manger ; qu'il était là quand cette fille tomba en pleurs devant lui, dévoilant ses souffrances, le suppliant de l'aider.

Pierre Antoine et la serveuse Awa disparaissent enfin. Ils sont peut-être loin des yeux, discrètement dans le silence. Hélas, il se dit, une autre victime qui n'a plus le choix, elle trouvera sûrement des raisons pour céder mais ce n'est ni de l'amour, ni de l'affection mais une occasion en or pour changer, peut-être pour elle.

Nadjirou prend son bloc-notes et se met à écrire avec une de ces fougues. L'inspiration, peut-être, défile avec la scène qu'il vient de suivre. Ses yeux restent fixes sur la page et suivent sa main glisser de ligne en ligne pendant trois minutes.

Chapitre 10

« Le matin encore il s'était levé courageux, résolu d'oublier, de ne pas se permettre de penser. »
Léon Tolstoï, « Le diable. »

Décidément la vie, est tout autre sauf un poème ou un roman plein de suspense sous un silence bruissant, elle manigance tout à notre insu. Tout semble acquis dans l'esprit, maître de l'imagination avec ses largesses excessives. Il s'étend comme un univers de vérité. Il se propage du fond intérieur, s'émeut et se joint aux multiples questionnements. Il crée une âme ivre d'être, nourrie de ses passions, de ses folies ; un cœur amoureux qui ne comprend plus rien, qui se cherche sans trouver assez d'ardeur d'accepter la précarité de tout ce qui l'entoure.

Il trouve le mot juste, le mot qui convient, la parole qui résout l'énorme angoisse au fond de sa gorge sèche en laissant mourir la peur, les dépressions profondes de la pensée, les blessures du temps et de l'anxiété.

Nadjirou déteste sa vie, cette routine qui tue son tout. Cette existence qui l'empêche d'exister. Cette errance dans l'immense temps, la durée, les années, l'immense désert prolongé d'étape en étape, de souvenirs, d'une histoire qui complique le futur. La vie réserve peu de choses dans ses affaires de cœur, dans sa véritable solitude profonde, dans ses ennuis, d'année en année.

Qui gouverne sa vie ? se dit-il ; en fin de compte comment vivre devient pénible quand on se bat pour sauver ses rêves ! Elle, la vie, tout un rien qu'il faut remplir au quotidien, l'animer de raisons, trouver des prétextes comme le travail, l'éternel recommencement de jour en jour pour finir par la mort. Et bien vraisemblablement cette belle promesse qui tombe à l'eau ; cette promesse de goûter à la liberté, à la vérité, à l'harmonie des corps et des passions auxquelles l'homme s'accroche tel un orphelin. Promesse d'un futur presque irréel où tout peut secouer. Se projeter dans l'illusion d'un espoir comme par envoûtement. Une folie bleue à travers les jours, les nuits, les heures qui s'éternisent dans une quête impossible de sourires, sans comprendre le pourquoi des reproches dont on souffre tant. Il a cette peur de sombrer dans cette substance inconnue, maître du destin. Il s'impose ses dernières volontés à cette existence aussi pénible, avec un ton vulgaire d'un tout ; une arrogance des couchers de soleil et de la persistance du réel moqueur. Et arrive le moment ultime où la folie déploie ses ailes par une logique désespérée pour comprendre ce vide. Se voir passer à côté de tant de choses. Et enfin de l'immense amour qui hante tout, tel une ombre ivre d'espace ou un monstre à la chasse, rongeant l'esprit dans sa folie. Pourquoi vouloir rester encore parmi les humains avec toutes les notions utopiques, les idéologies, la justice injuste, le tout et son contraire ? se dit Nadjirou, soudain.

On se transforme tous en un monstre doux, envahi de paix. Doux monstre tout sublime, corrompu par l'instinct naturel. Doux monstre prêt à voler, mentir ou défendre des causes auxquelles il ne croit pas au fond, qui se venge des faibles, des loques, des las, des amours… Monstre qui trompe dans les ombres, tombeaux de la ruse qu'il dissimule précieusement dans le sourire, dans des paroles ambiguës et des promesses. Paisible bâtisseur du verbe, nostalgique à tout, aguerri, l'hypocrite, cadavre conscient, perdu et livré en gladiateur, puis brisé par des passions inconnues. Condamné aux folies des amants, dénudé presque de tout pour retourner à l'état primaire de l'instinct vivant… Et enfin le monstre dévoile sa face timide de monstre.

Nadjirou se plonge ainsi dans une méditation paranoïaque, sans logique, mais dont son cœur donne une preuve à travers toutes les luttes menées dans sa jeunesse. Il sent la peur. La peur de la pire catastrophe qui lui tourne autour, qui alarme l'esprit, paralyse toute son inspiration avec une angoisse. Une errance dans le temps où s'écoule l'espoir de ne point tomber dans une infinie conspiration contre lui-même. Elles lui parlent, ces voix. Quand silencieux, il s'occupe à refaire sa pensée. Le meilleur refuge, la littérature, apaise cette angoisse d'errance dans le temps, dans l'existence où tout souffre du syndrome de l'absurdité et d'irritation sentimentale. Fuir sa conscience qui aboie ; se laisser bercer par l'inutile, l'abîme, l'instant, avec le seul désir de changer le cours de sa vie.

Nadjirou, bien absent, paranoïaque, fou, en colère, triste dans un coin de la gargote, quelque part, comme au bar du vieux pêcheur, se gave de folies dans le plus grand silence.

Chapitre 11

Vivre entre les pages, peu importe le thème ou l'auteur ; il scrute le style et suit le rythme du bavardage jusqu'au bout. Chaque mot révèle les secrets de son auteur, soit implicitement, par inattention, une sorte de marque de fabrique, une empreinte, une signature, l'ADN de sa conscience.

Il trouve tout le plaisir de juger la qualité d'un texte, du vocabulaire, le champ lexical, la puissance des arguments, les cycles harmoniques du rythme, une musique qu'il entend résonner et, tout au long de la promenade des yeux de page en page. Le glissement harmonieux défile des images insolites et réelles ; une liberté d'imaginer, à sa façon, la beauté ! Devant un écran placé au fond de sa conscience. Il n'y a pas plus dépressif qu'un romancier ! C'est un fou tenace, un dieu de la page, des personnages qu'il crée, qu'il condamne et qu'il tue. Il sublime à travers ses personnages toutes les violences repoussées de son esprit, ses peurs et sa folie dissimulée dans l'incohérence ou la contradiction pour trouver sa propre solution à tout, un juste milieu entre deux mondes à travers l'écriture. Écrire est une seconde vie, un nouvel élan pour reconsidérer sa place dans l'humanité, un pas vers soi à travers l'inspiration ; ces images défilant sous des yeux emportés par une substance inconnue qu'il faut graver d'urgence, au bon moment. Ainsi dès que le livre finit, il en ouvre un autre. Il se résigne à cette simplicité veule et futile de mots énergiques qui relancent sa conscience et le bercent dans d'autres horizons.

Pendant une demi-heure, Nadjirou reste là, pensif, méditant sur tout. Le soleil moribond se retire peu à peu cessant sa violence de la journée. Presque dix-sept heures passées de quelques minutes. L'ombre des immeubles envahit tout ; donnant un climat doux et une atmosphère sereine. Là, toujours présent dans cette gargote, pensant aller faire un tour chez son Adja pour se justifier.

Pendant ce temps Mactar et Cécile semblent être complices comme des amoureux. Il se sent la personne de trop alors décide de les laisser en amoureux. Il s'excuse, sous prétexte d'aller prendre un peu d'air, le bloc-notes à la main.

La rue calme, presque non fréquentée à cette heure. Un quartier chic en centre-ville avec ses rues propres et ces restaurants tout au long, des boîtes de nuit, milieu où l'autre race humaine, la race de nuit, noctambule, est à l'honneur. Un monde de vampires et de marchands de fraises, belles naïves et qui vendent leur corps. Cette rue, de nuit, aux bitumes aussi luisants, bruissant de grincements de moteur et des claquements de chaussures.

Une symphonie improvisée pour immortaliser le temps, ainsi pérenniser la quête aux tendresses. Un monde pervers, peut-être, libre, fou ! Qui décharge l'énergie de la belle vie au rythme des folies de l'ivresse, ces nuits roses où tout corrompt. On enlève sa bague au doigt, on oublie sa femme pour côtoyer la naïveté féminine et les douceurs fragilisées, quelques heures qui s'éternisent finalement par répétition. Un passage obligé pour errer un peu, respirer loin de sa femme, oublier le poids des responsabilités, piétiner le masque, noyer la timidité dans l'alcool, braver la foi comme par hérésie et se défouler en laissant libre cours à une imagination sans tabou. Avec cette horrible impression d'être un pécheur, un monstre infidèle capable de tromper sa femme depuis toujours et qui trouve l'audace et la force de la regarder dans les yeux, de lui dire des mots doux pour se justifier et faire taire sa conscience.

L'orgueil de son intelligence ne l'avait jamais tenté de tromper sa femme. Mais les années de routine ont fini par lui suggérer une autre option. Alors il en découvrit une nouvelle qui lui dit : « Ta femme est trop égoïste de te garder tout entier pour elle seule », Adja !

Comment justifier une amertume aussi trouble dans son cœur qu'il ne contrôle plus. Cette impression d'être le monstre de tous les excès de l'ironie et de toutes les bassesses ! Dispersé dans ses réflexions, la culpabilité d'aimer deux femmes ne l'épargne guère de la journée.

L'amour inspire une nourriture incompréhensive, indispensable et absurde, une folle passion avec un désir ardent, une extase savoureusement renouvelée, intacte à chaque fois.

Il revient après quelques minutes d'errance dans les alentours, de va-et-vient, pensif et perturbé par ce sentiment inconnu d'illumination sur toute sa vie, un bilan de tant de souffrances à la quête d'un bonheur incertain.

Il aperçoit Mactar et Cécile, enfin seuls, s'embrasser. Alors il leur fait signe de la main comme pour dire : « au revoir » ; avec un sourire improvisé qu'ils semblent comprendre. Il s'étonne encore plus de son ami, qui s'embarque d'aventure en aventure sans en garder de séquelles.

Il se dit que, peut-être, ils partent sur des bases claires pour une relation libre et spontanée ; amourette de circonstance juste pour s'amuser. Puis il tourne la tête pour revoir la scène et murmure comme s'il s'adressait à quelqu'un : « mais qu'est-ce qu'ils ont tous ? C'est insensé ! »

Il s'arrête en route, coupe le moteur et sort du véhicule pour s'assoir sur la plage. À chacune de leurs rencontres, il la trouve encore plus sublime, plus ravie, plus immense. Ça lui donne cette envie d'y perdre quelques minutes. Tout est beau, simple et sans préjugé. Beauté de vue, beauté de vie, du décor bleu, beauté innocente, naturelle et pure pour ces coups de blues qu'il a reçus du désespoir. Il hume cette fraîcheur comme s'il n'avait jamais existé, comme s'il étouffait ailleurs, dans sa chambre, dans cette rue, dans cette ville de minutes et de secondes qui laissent leurs traces dans ses humeurs.

Et s'il y campait pour la vie ? se dit-il, y rester pour ne plus jamais retourner dans ces rues, ces ronronnements et toutes ces voix énervées. Il en souffre tellement à cause d'eux et pour eux, au point de mépriser sa vie. Seulement, cette malchance de venir au bout de ces expériences, déçu presque de tout. Les mouvements des vagues calment ses doutes avec ses bouts des draps mousseux dispersés en chute poétique.

Qu'est-ce qu'elle est belle, bleue et belle, nue sans pirogue, ni bateau ; eau de Dieu, bleue d'azur, nue et blanche d'oiseaux, nue et folle ; reculant, prenant de l'élan pour s'écraser en mille et mille petits bruits. Et de plus en plus, haussant le ton à ces cris, ces crises suicidaires mélodiques et synchronisées contre le sable. Il ne dit plus un mot. Rien que le silence de la nature pour se verser dans l'oubli.

Nadjirou écoute la mer sans trop comprendre, traduit tout d'une façon délibérée suivant les fruits de son imagination et décide de faire le point.

Une pause à la plage fait toujours du bien. La magie de l'espace ouvre l'esprit devant du bleu à perte de vue pour être en phase avec soi.

Chapitre 12

« Son charme donc ne comptait plus pour son époux ; les sourires et regards ne lui plaisaient plus ; il lui fallait des enfants. Des enfants ! Mais elle en voulait, elle aussi ! »
Guy Menga, « Palabre stérile »

Le silence l'envahit dans une quiétude. Nadjirou n'a guère fait signe de toute la journée. Elle se voit laide devant son miroir reflétant une image plus vieille d'elle-même. Et soudain toute sa vie défile. Un jour elle est tombée amoureuse d'un jeune homme ; un charmant petit intellectuel raffiné plein de fougue, émancipé, moderne, fan des révolutionnaires : Malcom X, Gandhi, Mandela, Martin Luther King, Cheikh Anta Diop... Qui explore toutes les cultures à travers les classiques : Hugo, Flaubert, Sartre, Rimbaud, Machiavel, Dante, Platon, et Nietzsche qu'il adore, qui parle à son âme, lui coupe le souffle, ayant brisé ses idées reçues. Un amour solitaire qui hait le monde joyeux qui l'entoure. Un monde qui se fie à la fortune, aux puissantes familles. Qui juge. Qui nage dans le mensonge. Et ils étaient joyeux, ils s'aimaient plus que tout. Sauf que maintenant plus ils se rapprochent, se redonnent de secondes chances désespérées, plus les choses se compliquent. Un éternel recommencement pour se blesser l'un par l'autre ; des pardons sans cesse, des cassures, des blessures. Ils retrouvent l'équilibre à travers les amis en partageant leurs remords. Un doux amour passionné, convaincu. Ils prient Dieu, les anges, les génies. Ils s'éternisent mais il faut le combattre, ce redoutable ennemi des couples : le temps !

Les aguerris finissent par maintenir les feux mais les faibles, sensibles d'esprit se noient dans une folie qui ne les libèrera plus. Ils seront prêts à pardonner, à effacer le passé d'un coup de mots d'espoir pour démontrer leur engagement. Et ils finiront par s'aimer dangereusement.

Et Saphiètou, hélas, tant de souvenirs devant ces photos toujours vivantes. Elles évoquent ces idées, cette joie, ces folies, cette jeunesse souriante et heureuse, innocente et belle, pleine d'espoir en un avenir fabuleux. De ce qu'ils pouvaient accomplir ensemble, de ce qu'ils arracheraient à la vie au prix de leur amour unique, profond, légitime, passionnant et drôle ! Ces photos chargées de souvenirs où toutes ces douces paroles se cachent. Ces images qu'elle redécouvre intactes de chaque mot avec le contexte de chaque détail. À travers ces photos, elle redécouvre aussi les idées dangereuses dont elle tomba en réalité follement amoureuse.

Jeune à l'époque, impressionnée par la puissance inconnue d'une éloquence. Et ces soirées-cinémas de l'époque, les spectacles de musique : jazz, salsa auxquels ils assistaient ensemble tous les samedis soirs dans Dakar ; ville à l'époque où il fallait avoir la finesse du look pour figurer parmi les branchés. Ville en couleur, en arc-en-ciel où on découvrait le goût du vin, des cigares, la mode parisienne, un style de vie loin des boubous et des babouches, loin des bonnets et des chapelets, avec ces belles chemises cravates bretelles, chaussettes et costumes qui s'arrachaient. Il fallait être bien dans sa peau avec tout le charme, éloquent, vivant, souple, et un peu fou devant les autres. Elle se rappelle de tout, de cette atmosphère de rires, d'assiettes, de fourchettes, de cuillères et de couteaux que tous manipulaient avec délicatesse car ça donnait une autre dimension à ces soirées. Et ils venaient d'embrasser un monde nouveau que leurs parents n'avaient pas connu. Un monde bien loin de la tradition.

Elle et Nadjirou, deux intellectuels, à l'image du monde libre de l'indépendance, faisaient le tour des bars et des hôtels, des plages et des salles de cinéma et vivaient différemment leur amour. Elle le connaît ; ils avaient traversé l'immense désert de la vie. C'est comme en image, toute sa vie, qui défile. Elle l'a vu pauvre, malade, triste, violent, riche et l'aime encore plus qu'il se doute. Elle, qui le rendait tellement gauche qu'il devenait ridicule d'excuses et de merci ; qui le rendait tellement timide et doux comme un enfant ; qui l'encourageait, qui le soutenait pendant ces périodes de disette où tant de fois désespéré, il voulait baisser les bras ; et à l'époque où il fut enseignant avec un maigre salaire. Et la dot qu'il dut verser au compte-gouttes à son oncle.

Ce fameux mariage, une fois dans la vie qui se limitait à la mosquée avec une modeste collation. Elle, qui était convoitée par tous les hommes, qui était à ses vingt-cinq ans encore étudiante et éperdument amoureuse de cet homme, prête à défier sa mère qui en proposait un plus riche, Souleymane, et de même caste. Hélas une mère matérialiste qui achevait le plus grand projet de sa vie, le jackpot tant attendu, enfin ce luxe qu'elle n'avait pas eu de son propre mari à deux doigts de se concrétiser avec sa fille, dans l'amertume. Une mère qui ne voulait que d'un gendre riche, prêt à proposer un voyage à la Mecque en étalant ses richesses. Comme son Souleymane et ses largesses. Ces griots qui chantaient et dansaient pour quelques billets ; la maman aux anges devant ses coépouses, quel succès ! Mais Saphiètou avait donné son cœur à Nadjirou. Un bras de fer contre sa mère qui voulut entraîner sa fille dans la grâce. Mais emportée par ce coup de foudre, elle était prête à vivre rêveusement d'amour et d'eau fraîche avec son homme. Les photos du mariage, encore là, sont témoins de cette histoire dont les souvenirs restent intacts. Elle se voit plus belle et plus jeune.

Il y a aussi celles d'après mariage qui sombrent peu à peu dans la routine. Et puis, ils rêvent d'enfants, un fruit de leur amour depuis quinze années de mariage. La vie ne s'offrait pas à eux.

Ils avaient paniqué à leur deuxième année de mariage quand l'attente ne se supportait plus ; un tabou que les proches devinaient venant de lui ou bien d'elle ; des commérages qui faisaient le tour jusqu'à ce qu'ils l'entendirent. La honte imposait à Nadjirou de quitter la demeure de ses parents et de chercher un appartement en ville après s'être reconverti dans l'informatique avec un bon salaire trouvant comme prétexte qu'il gagnerait plus de temps au travail. Et le comble, ses parents qui n'aimaient pas se séparer de leur fils ne comprirent pas grand-chose et virent en la fille celle qui planifiait tout pour diviser la famille car selon la tradition on ne quitte jamais ses parents.

Nadjirou en fut dégoûté au point de les satisfaire de quelques visites, rarement, à chaque occasion. Les médecins spécialistes avaient tout tenté ; traitement sur traitement et jugeaient qu'il fallait, peut-être, adopter. Elle allait voir alors les guérisseurs. Certains lui firent des promesses après des offrandes faites aux ancêtres, d'autres l'arnaquèrent avec des sommes exorbitantes. Pourtant elle fit de son mieux, goutte d'eau de plus qui fit déborder la mare de retenues ; comment la vie peut être aussi cruelle ?

« On ne récolte que ce qu'on a semé » lui disait sa maman qui, bien après des années, gardait toujours sa rancœur pour sa fille égoïste. Elle détestait sa vie. L'angoisse lui filait l'insomnie. Elle essayait de s'y faire, en vain. Vivre avec cette douleur la rendait malheureuse et désespérée, en colère, pour une jeune fille de son jeune âge.

Et maintenant, une vie ni rose, ni prometteuse. La solitude déverse son sac dans le silence ; les rêveries heurtent la réalité et une folie s'installe. Elle en veut au monde entier, sans raison à cause de ces regards déplacés, de ces excuses, de ces remarques qui lui rappellent son état, sa peau ni blanche, ni noire, ses lèvres qu'elle trouve grosses et ses cheveux noirs. Elle n'aime plus son visage, ni ses hanches, ni sa peau ; elle trouve ses doigts longs, ses yeux sombres, ses pieds grands. Le reflet du miroir n'est plus le même ; elle cherche cette raison d'être belle mais n'en trouve guère. Bien différente du reste du monde. Elle ne trouve point la raison pour laquelle Dieu éprouve sa foi ainsi dans la souffrance d'être différente de la femme fertile qui donne la vie. Une toute petite vie à son image avec ses yeux et le nez de son père.

De sa fenêtre, elle contemple la lune nue, timide, avec une lumière pauvre dans un ciel presque sans étoile, en détresse. La dame lune muette, sans amant, sans amour, aucun et qui se cache bien souvent, se perd dans un ciel nuageux.

Debout, elle sent comme une fièvre envahir son corps, pinçant ses lèvres, et, puis d'un geste un peu maladroit elle retient son souffle mais son cœur bat si fort que les larmes qu'elle veut retenir de toutes ses forces trahissent ses yeux. La violence du souffle lui donne l'air d'une personne en transes en train de suffoquer.

La lune s'affiche enfin. Trois heures plutôt elle se confessait à Rouky ; honteusement elle lui demandait de l'aide. Elle faisait semblant de masquer sa voix énervée donnant l'impression de vivre loin des tensions de couple ; elle a trouvé les mots justes pour donner une impression très positive de son ménage. Mais la nuit parait plus longue que d'habitude, plus sévère ; elle n'attend que son heure pour refouler ce qui reste de plus intime, de plus sombre chez ses victimes.

Elle se souvient encore de ces mots. Toute muette, elle avait souri ensuite, mais n'avait rien compris de cette plaisanterie ! Et pourquoi tout s'effondrait ? Ensuite la peur de chaque lendemain, de ce mot qui se lit à travers les actes ; l'humeur de son homme, froid, qui ne s'excuse plus ; qui s'embarque dans ses romans pour fuir la réalité, qui rêve d'autre chose et qui prépare le moment ultime pour se débarrasser d'elle !

Elle est au courant de sa relation avec cette diablesse à tête d'homme, de garçon, plus jeune ; qu'elle hait tant ; cette sans-gêne qui tourne autour de son mari. Elle reconnait ses habitudes, quand il est faux, quand il ment pour le travail, quand il ment pour un rouge à lèvres mis exprès sur sa chemise, ou pour les notes qu'il cache entre ses romans pour des rendez-vous amoureux. Paniquant à ses répliques, il mentait si mal. Et elle finit par laisser tomber les disputes. Elle imagine le divorce ; les yeux grands ouverts, terrorisée par la peur de finir seule sa vie ; presque délirant d'une crise de folie.

Ce mot fait basculer son univers en quelques minutes. Une panique soudaine la retient à la gorge. Ses jambes ne supportent plus son corps troublé. Toute absente en elle-même, perdue dans ses pensées, elle s'enferme dans la chambre avec le sentiment d'échapper à tous ces regards qui voudront comprendre. Les mauvais souvenirs n'en finissent plus. Elle ne peut se calmer. Les pleurs ne résoudront rien. Elle le sait ! Violence faite sur soi, le dernier recours qui réconcilie tout sans résoudre le mal. Tapie dans l'ombre dans un coin entre deux murs, le visage contre les cuisses, le dos courbé et les bras croisés serrant fort ses jambes, elle s'attend à un miracle... Une chance qu'on arrête cette mauvaise blague. Ce manque de considération, son insignifiance devant Nadjirou ; les croyances à l'encontre de sa personne.

Quel bonheur serait de ne plus fuir ! Quel bonheur serait de se sentir parfaite ! Partager tous ces petits plaisirs, les plus infimes et de vivre seulement à l'aise. Si seulement le monde savait tout le bonheur d'un pique-nique sur la plage avec son mari et ses enfants ou bien un bon diner en famille ou, bien sûr, le soutien d'un mari pour se sentir femme. Évidemment, ces choses insignifiantes font le bonheur des autres. Quelle ironie !
Puis de la même manière, elle pense à l'aveugle, au jeune orphelin, au pauvre, aux réfugiés politiques, et les déplacés de guerre qui perdent tout de la vie. Une brise balaie son visage puis disparait. Un souffle. Un coup de vent doux qui la trouve toute perdue dans ses pensées.

Tantôt elle devient poétesse avec une sur-inspiration qui la plonge dans une mélancolie, quelle émotion ! Tantôt philosophe avec un pourquoi prenant le dessus ; et alors elle se redéfinit dans un décor d'ombre, se convainc d'avoir assez de ressources pour mener une vie simple, quiète, à l'abri de toute pression. Elle n'a plus envie de le voir ; lui, son amoureux avec ses excès, qui ont rendu les choses bien plus compliquées maintenant, en négligeant les responsabilités qui les liaient. Et peut-être qu'il reviendra un jour, supplier, jurer, pleurer pour un pardon. Et ce sera trop tard. Il a fallu vivre toutes ces années pour comprendre qu'ils ne sont pas faits l'un pour l'autre.

Chapitre 13

« Nous, on vivait d'amour rose et d'eau fraîche
Malgré nos matinées affamées et nos soirées sèches »
El Hadj Mamadou Diongue, « Les échassiers » poème

Fatima allume la lampe. L'image floue des couleurs à cause de la lumière subite.

Saphiètou avait une voix tremblante et forcée au téléphone. Dans le salon, La télé reste allumée, les coussins par terre, un verre cassé ; le syndrome du casse-tout d'une crise de folie a fait ses effets : des photos de Saphiètou et de son mari jeunes, témoins du temps, par terre ; des draps défaits… Un calme de cimetière régnant dans l'appartement, la présence de Saphiètou attire les démons de l'inquiétude.

Fatima a l'impression de perdre sa copine ; la jeune fille joyeuse qu'elle a connue ; celle qui rend le monde ébloui au regard ; elle la trouve pensive et silencieuse, les yeux rouges. Fatima la prend dans ses bras et lui dit avec une voix toute douce :
- Ce n'est pas la fin du monde. Au lieu de tout garder toute seule, vide ton sac ; prends une douche et après le dîner on parlera de tout ça »
- Je n'ai pas faim…
- Tu as tout fait pour garder ton mariage ! Pose-lui les questions qui te font souffrir ; explique-lui toutes les souffrances que tu as endurées et cesse de te rabaisser ainsi. N'oublie pas ta

propre vie, tu n'es pas vieille, fillette, tu es encore jeune… Tu as aussi le droit de vivre ! Ça ne doit pas finir par une haine insupportable d'avoir passé sa vie, tant d'années auprès de l'âme sœur et de s'en séparer un beau jour, ça peut enfin t'ouvrir les yeux…

- Je suis épuisée ; je suis à bout de force, je ne le reconnais plus ; il m'est devenu étranger ; tu te rends compte, il n'est plus celui qu'il a été ! Il ne me respecte plus, ne me dit plus rien ; il m'ignore, m'oublie ; je me sens comme inutile dans sa vie ; il me fuit, ne me parle plus… Son silence me tue, m'étouffe ; je ne supporte plus ce silence… Ça me donne l'impression d'être un fantôme, un mort, un figurant, une image figée, une photo et… Il me demande le divorce… Je veux mourir… ».

Elles pleurent subitement, ensemble. Un long silence s'en suit.

Fatima tente de la consoler avec des mots simples, des mots sans effet, témoins de toute la compassion dont elle fait preuve.
- Reprends-toi ma belle, si tu continues ainsi tu peux faire des choses que tu regretteras toute ta vie ; tu peux même délirer, foutre ta vie dans l'ennui et le chagrin… Écoute, tu n'as plus vingt ans, tu n'es plus la petite fille pleurnicharde, pourrie gâtée par la vie qui se laisse abattre par une crise de stress ! Réveille-toi, la vie n'est pas un conte de fées, il faut toujours se battre ! Qu'il aille se faire foutre ! Regarde-moi, qu'est-ce que tu crois, tu penses peut-être que ça me plaît de vivre ainsi toute seule dans mon appartement de mère célibataire, je travaille sans cesse pour pouvoir envoyer mon enfant à l'école, le nourrir et aussi assurer mes fonctions de mère. Regarde ma vie, j'attendais un homme qui ne passait son temps qu'à fumer du crack, qui se soûlait à mort et qui me battait la nuit. Si je ne l'aimais pas, je ne lui aurais pas donné un enfant ; mais j'ai fini par voir la réalité en face, me battre pour l'avenir de mon enfant, rester forte, me débrouiller toute seule. Et je ne t'ai pas tout dit ; il vient d'être arrêté avec cinq kilos de cannabis alors

qu'il prétendait avoir changé et qu'on était sur le point de se remettre ensemble ; comment je vis tout ça sans donner l'air d'être détruite, piégée, coincée dans un trou, méprisée et humiliée en tant que femme ; ah bien, c'est parce que je résiste, je me bats chaque jour, je domine ma colère, je pardonne, et j'essaye d'oublier et de savourer chaque instant de ma vie, loin de tous ces problèmes, je m'occupe, je fuis par le travail et j'essaye d'apprécier le peu qui me reste comme liberté, comme indépendance... Je parviens à réaliser des choses qui m'étaient impossibles ; bien des choses beaucoup plus intéressantes que ce qu'on nous impose dans la société à être mère de famille : sois belle et tais-toi ! ». J'ai ouvert les yeux car la vie n'est pas rose ; bats-toi, ne parle plus de lui, oublie-le ! Il ne réalise pas qu'il est sur le point de perdre une merveilleuse femme comme toi ! Et s'il te plaît, je ne supporte pas une femme qui se rabaisse et qui pleure de tout ! J'ai menti en te faisant penser que ma vie est toute rose. Voilà !
-   Excuse-moi, je suis... je ne savais pas que tu endurais tout ça ! Je t'ennuie avec mes problèmes... Je... Je suis désolée...
-   Rhabille-toi et préparons le diner ! reprend Fatima en essuyant ses larmes.

Elles se dirigent alors vers la cuisine. Cette discussion semble apaiser l'atmosphère, adoucir l'humeur triste de Saphiètou et rallumer les maux de Fatima qui, maintenant, ne soutient plus sa colère. Ces souffrances résument toute sa vie. Son petit garçon est resté chez ses grands-parents et elle leur envoie des vivres chaque mois. Saphiètou réalise alors qu'elle n'est pas la seule à garder une bombe d'angoisse qui peut exploser à chaque instant et qu'il faut vivre avec les autres et non pas pour les autres, mais pour soi-même.

Deuxième partie

Chapitre 14

« ...les plus malades sont ceux qui voient les indices de la folie chez les autres et ne les voient pas en eux-mêmes. »
Léon Tolstoï, « Le diable »

Dire qu'on peut se sentir toujours môme, même adulte, même conscient, même maître de soi, de ses mouvements et de ses choix. Le refoulement de certains désirs se manifeste. Ce qu'on éprouve secrètement toute sa vie, su et tu au fond de soi avec délicatesse. Plus rien n'existe que soi-même. La belle dose d'égoïsme rend compte combien l'altruisme pourrit la raison. On juge, aime, pense toujours pour les autres et peu pour soi. Il faut profiter de l'instant, des sommeils et des rires, des pouvoirs et des espoirs pour se créer une seconde vie ; il faut souvent plus penser à soi-même. Ce n'est pas de l'égoïsme, c'est un devoir moral envers soi. Donner peu d'amour pour en recevoir énormément, de partout, voilà le plus égoïste !

Nadjirou redevient l'adolescent qu'il a été. Ça fait un mois qu'il s'est installé définitivement chez elle. Un mois de baisers, de mots doux et de folies dans les bras de sa nouvelle compagne. Il a lancé la procédure de divorce avec Saphiètou.

Il le lui dit froidement sans grincer la voix, droit dans les yeux. Elle fondit en larmes, abattue, apeurée, freinée, sous le choc. Il dominait le silence, paralysait l'ambiance avec une énergie bizarre qui, dans ses mots, inspirait tout un fardeau dont il se débarrassait tout simplement. Lui aussi, une vie l'attend et il ne se permettra nullement le choix de laisser tomber son bonheur. Un bonheur que l'angoisse et la patience ont encouragé. Sa vie de couple n'était point épanouie. La famille, c'est d'abord les enfants car c'est ce qu'il attend de l'amour : son fruit !

Chaque jour, il attendait un bonheur devant un soleil cruel et sourd, qui brûlait ses terres d'espoir ; une lune complice et moqueuse qui ne laissait point d'issue et qui installait l'immense vide autour de lui, avec tout son désordre et ses effets troublants. Il ne supportait plus le rythme infernal du temps qui installait le désordre des minutes et des secondes. Qui lui bloquait les sens et lui imposait la peur d'en aimer une autre. Et l'homme, étant un défi pour lui-même, ne sait pas résister aux tentations. Quitter Saphiètou est le prix à payer !

Saphiètou restait sans dire un mot, émue, avec des yeux suppliants et regrettant ces instants d'humiliation. Elle voulait lui crier dessus toute sa colère, qu'elle aussi souffrait de cette vie autant que lui, que ce n'était pas de sa faute, qu'ils devaient accepter et affronter la vie ensemble, qu'elle avait besoin plutôt d'être rassurée, d'être aimée comme elle est, avec ses défauts et ses manquements, qu'elle avait épousé un homme pour concevoir une vie meilleure et pas pour pondre des gosses. Culpabilisée, écrasée, anéantie… une souffrance soudaine, semblable à une tempête noyait d'un coup son cœur en entier et pulvérisait les beaux souvenirs de deux êtres qui s'aimaient. Et leurs sentiments fixaient l'impossible devant la réalité. Hélas, alors, il s'en allait rejoindre Adja. Scène qu'elle avait imaginée d'une autre façon, avec le plus grand respect, de façon galante et moins pénible. Elle ne pensait pas encaisser un coup de canon subit de cette façon avec une arrogance visible et, tout ce qu'ils avaient vécu, tout ce qu'il avait dit, tout ce qu'il avait fait… Elle ne posa aucune question et pleura comme un enfant car elle a été éduquée comme ça : encaisser sans rien dire, subir, subir, subir la folie des hommes, d'un père et d'un mari sans se soucier de sa dignité. Soumise comme une marginale, une race inférieure qui ne s'occupe que du bien-être de l'autre sexe ! Pourquoi ?

Et un mois est passé, déjà, elle est devenue une momie vivante, un corps vide de sentiment, de joie de vivre, de glamour, le regard fixe, le sourire difficile, la parole courte. Elle ne chante plus, ne rit plus aux éclats ; elle ne plaisante plus et ne pleure plus. Elle le voit petit, trop petit pour mériter de l'estime. L'emprise de sa rivale a changé son homme. Et orgueilleusement, elle se souvient que sa mère avait raison. Sa mère, l'unique qu'elle détestait pour l'aimer, celle qui lisait dans le sourire hypocrite de Nadjirou des lèvres opportunistes bien qu'elle avait tort de lui en imposer un autre en se justifiant des castes. Telle était sa pensée. La formule désespérée de toute femme seule : « ma mère me l'avait dit, j'étais têtue de voir la vie toute rose ».

L'immense regret d'un rêve éphémère auquel un espoir s'était accroché en penchant les atouts de son côté pour prévoir une fin. Quel réveil ! Elle se souvient de la fois où elles étaient parties consulter les cauris chez le vieux sorcier. Un voyage de cinq jours dans un village un peu retiré des îles du Saloum.

Le vieux prononçait bizarrement des mots les yeux fermés, les cauris à la main puis jetés par terre ; des cornes de bêtes pointues posées près de ses genoux et l'odeur d'encens qui polluait l'air pur passant par les fenêtres.

Le sorcier dit ceci : « le ciel ne pourra contenir ses larmes, il fera vent ; la sècheresse fera tarir le puits où la vie espérera une chance. Le jardin aura ses fleurs fanées. Les arbres perdront leurs feuilles ; ils mourront à petit feu et l'amour sera absent pour fuir la tempête. D'effrayantes houles feront échouer des baleines sur la plage. Ce seront les retombées de l'immense colère des génies. L'ombre de ce grand amour sera la tristesse… Mais un nouveau jour sera et les cœurs seront ailleurs ; c'est votre destin.

Je vois aussi un avenir avec l'autre prétendant. Une vie sereine, une nourriture abondante mais une faim immense, de la richesse mais des montagnes de regret. Il n'est qu'un malheur dans ton cœur et une grâce pour ton entourage. »

Saphiètou en riait alors que sa mère en était terrifiée. Elle lui dit qu'en tout cas elle choisirait Nadjirou contre la volonté de sa mère. Voilà qu'elle se rappelle de ces prédictions aujourd'hui avec le sentiment de comprendre chaque étape de sa vie ; ce début aux astres et cette fin ; la fleur fanée, les années écoulées, la sècheresse qui empêche la vie de se perpétuer, les tempêtes, les longues disputes dont la cause n'était qu'une routine qui les éloignait de jour en jour, une quête perdue d'avance : elle n'aura jamais d'enfant. Le vieux sorcier avait tout vu mais ses paraboles n'éclairaient pas la réalité des choses.

Puis elle imagine aussitôt la suite de sa vie. Que deviendra la fleur une fois fanée ? Murmure-t-elle. Aussitôt d'une façon innocente et désespérée, elle se voit trop vieille pour séduire. Il faudra tout faire pour retrouver le vieux sorcier.

Chapitre 15

En tout cas, c'est une nouvelle vie pour lui. Trois mois déjà se sont écoulés et voilà qu'ils ne se lâchent plus une seconde. Ils habitent ensemble et envisagent de se marier dans un futur proche. Nadjirou, maintenant plus qu'inspiré, se précipite pour finir son premier roman. Une sorte d'essai philosophique dont la portée sera d'une puissance à briser la conscience collective, le pessimisme installé et le masque de l'impérialisme intellectuel étranger. Ils passent beaucoup de temps ensemble à discuter là-dessus et à planifier une démarche scientifique avec un plan rigoureux : les voyages, les archives, les musées et les livres de référence. Ils en sont enthousiastes comme la première fois. En effet, Nadjirou avait presque écrit le roman d'Adja. Juste un coup d'essai qui ne lui coûtait rien mais qui vaut de l'or aux yeux du public et d'Adja.

Le titre déjà donne une parfaite illustration du contenu : « Nuit et noir ». Le rythme et la puissance des idées impressionnent, un roman sur la femme africaine.

Mais au moment de l'édition, Adja n'avait jamais mentionné le nom de Nadjirou, nulle part. Il ne s'en plaint point et se démarque totalement de tout succès. Il l'aime trop pour accorder de l'importance à ce petit détail.

L'alcool, la tendresse, déclenchent son génie. Il se sent comme un gamin de quinze ans avec le souffle des mots dans ses mains, avec la folie de braver la censure, sans se soucier des effets boomerang ;

il se laisse tout simplement emporter par l'envie, la passion et le désir de dire les choses comme elles sont. Séduit aux anges, il semble écouter une musique venue du ciel, une grâce enfin, d'une voix douce de femme. Une musique vibrant d'octave en octave, de plus en plus profonde ; une écriture mécanique, des dialogues purement intimes entre lui et sa raison, entre son cœur et son âme qui mettent en évidence l'égoïsme existentiel.

Il découvre la véritable personnalité d'Adja, son attachement aux valeurs panafricaines et toute la souffrance qu'elle inspire quand elle lui parlait de l'Afrique qu'elle appelait Kama, son ancien nom, son véritable nom qu'elle aimait tant. Son style de femme émancipée et libre, qui méprise toute présence étrangère, la condamne dans la haine. Elle souffre de la situation actuelle de ce continent et en a même honte. Elle trouve toujours, comme la plupart des intellectuels, un coupable en insistant, fouillant, jugeant le passé, l'histoire. Ils souffrent tous ! N'est-ce pas une perte de temps de vouloir rester victimes à tout prix ? Au contraire, le panafricanisme doit être compétitif et créatif entre les peuples, au lieu de se replier sur soi-même ; une sorte de révolution culturelle et économique, une union pour défendre des intérêts communs avec nos différences.

Elle connait par cœur l'histoire des figures panafricanistes. Son appartement ressemble à un musée : des posters dans chaque pièce, des objets symboliques, toutes sortes de documents traitant ce sujet ; des films, une discographie très riche, des conférences, témoignages et discours… Finalement c'est ça une religion ! Cependant, « qui n'aimerait pas une femme pareille ? » se dit-il.

Au fond, Nadjirou l'aime parce que son univers l'a séduit. En l'accompagnant partout, elle choisit Gorée pour lui annoncer le fruit de leur union, la venue d'un enfant ; qu'elle en est à six semaines de grossesse. D'une part, au moment où sa vie se transforme en un conte de fées, une grossesse déjoue ses projets. Elle se dit qu'elle est encore jeune, qu'elle peut encore attendre.

Avec son roman elle doit faire une série de conférences et de séances de dédicaces, des émissions un peu partout et participer à un film documentaire. Un programme qui durera sept mois, à coup sûr, cela aura un impact important dans sa carrière d'auteur. Et ce merveilleux enfant vient compromettre ses chances. Une idée surgit mais fut tue dans un silence froid.

Nadjirou en ressent une grande émotion de joie et en a même versé quelques larmes. Il se voit déjà papa, pour la première fois de sa vie. Il voulait appeler aussitôt Saphiètou, pour lui dire par réflexe après tant d'années ensemble à partager des émotions. Mais la rupture sera encore plus douloureuse pour elle.

Déjà triste pour elle mais le coup est déjà parti ; il ne faut pas non plus de regrets, et assumer cette étrange peur qui le prend à la gorge. Au lieu d'être content, maintenant il a peur !
- Qu'est-ce que tu as, tu te sens bien, lui demande Adja.
- Non, oui, je suis juste… content… Mon Dieu je… Vais être papa ! Quand je pense qu'il y'a un petit bout de moi qui vit en toi, c'est… Juste magnifique !

Gorée lui semble aussitôt la source d'une immense inspiration, le point de départ d'un pardon devant une faute universelle. Cette île garde les âmes témoins de tout ; une trace indélébile d'un passé. L'île répète à l'oreille de chaque visiteur : « vivez heureux, et aimez l'autre plus que vous-même ! » ; qu'en fin de compte tous restent esclaves, soit de leurs jugements, de leurs ignorances ou de leur passivité. La grande leçon semble être à quel point les hommes pouvaient être ignorants ! Peut-être que le génie des eaux voulait que les hommes s'en rendent compte par eux-mêmes. Elles ne brisaient aucun bateau, ne noyaient aucun négrier et laissaient faire. Elle dut percevoir que cette île deviendrait le temple du pardon, de toutes les religions et d'aucune, de l'être humain dans sa grande diversité. Et le rapport entre les hommes dépasse les couleurs. Tout se brasse dans un métissage incontrôlable sans frontière et sans retour, laissant place à l'amour. Et ce monde sera plus juste quand les générations futures ne seront que des métisses.

Désormais pour Nadjirou, tout change. Il ne faudra plus regarder Adja comme avant. Elle porte désormais son enfant, mère d'un petit bout de paradis. Être papa est d'abord une grande émotion qui trouble même l'appétit et pour la première fois, il pense dompter l'univers entier.

Un sentiment de fierté mêlé d'une gloire, il imagine déjà la voix de son enfant, ses joies, ses peurs, ses mots. Il se voit déjà complet, au sommet de la vie avec une grande responsabilité de prendre en compte cette dimension « enfant » dans chaque décision. Désormais la peur du pire domine ses pensées ; la mort par exemple, une crise financière, une rupture…

Et le plus touchant reste le fait de comprendre maintenant le sentiment possessif de ses parents quand ils donnaient un ordre, quand ils punissaient, quand ils exagéraient pour une bêtise banale. Il comprend mieux l'emprise d'un enfant sur ses parents et la dignité du parent qui, même adulte, cache ses faiblesses et ses folies. Enfin une récompense du ciel et une magnifique responsabilité !

Chapitre 16

« Ton silence
Est un hivernage sans promesse
L'agonie de la terre
Dont le soleil lampe la force »
Marouba Fall, « Corps d'eau »

Au bout d'une heure d'écriture, de silence et de ratures, sans relâche, sans se soucier du temps qui passe ; à chercher le mot juste résonant avec une mélodie, il devient comme éteint, figé devant son bureau. La lumière jaune pourpre braque toute l'énergie ; éclairant les pages comme pour l'encourager. Il se met à voyager avec les mots ; une œuvre d'art, où chaque mot compte, transportant l'émotion en images qui reflètent presque sa propre représentation de la réalité. Le sommeil le surprend. Il s'endort sans s'en rendre compte la tête sur la table, le dos courbé et la main tenant encore le stylo, la bouche entrouverte, le ronflement ralenti, la joue aplatie contre un tas de brouillons. Toute la passion vient de là ! Cette recherche infernale et frénétique de suite qui torture et languit la pensée. Qui presse à bout jusqu'à ce que les nerfs lâchent prise. Et alors le début d'une dépression insoutenable. Finalement la page devient un fourre-tout, des nombreux livres lus ou des différentes expériences vécues, en synthèse.

Écrire, voilà un mot, voilà un démon, une source intarissable ; une issue sans limites, un désordre de mots qui révèle le niveau, la folie, les secrets et en quelque sorte l'ADN de la conscience pour dire vrai, la marque de fabrique de son auteur. Écrire... Écrire sur une page de sa vie, cacher son histoire à travers chaque personnage ; traduire ses rêves, tuer sa violence, provoquer la mort, errer dans le temps, voyager dans tous les horizons, fuir le mal être, sentir le vide, décrire la folie, pleurer, crier, sauter, concourir, danser, voler, forcer, se rebeller et battre la nature par les mots. Choisir d'écrire c'est renoncer à la simplicité : se taire ! C'est dévoiler son ignorance, braver la critique, guetter les erreurs mais heureusement qu'il faut écrire d'abord pour soi, pour se libérer.

Nadjirou sursaute soudainement et consulte l'horloge, presque trois heures du matin ; il ne s'est pas rendu compte du temps et avait fini par s'endormir sur la chaise. Tout dort autour, même la musique, éteinte. Cependant, Il progresse bien dans son roman et a planifié déjà de nouveaux chapitres. Il retrouve cette quiétude avec les mots, le rêve, la vérité dans toutes ses contradictions ; enfin l'ensemble des ingrédients qu'il lui faut pour finir son roman. Une nourriture pour son âme inspirée de ces choses, de ces mots, de toute cette philosophie de vie dont il fait fi. Dix longs mois déjà avec une autre que Saphiètou. Dix brefs mois presque de solitude et de nuits inspirées à refaire un plan de son roman jamais respecté. Il déteste des œillères et se sent libre dans son propre univers.

Après avoir essayé plusieurs titres il finit par choisir : « le dernier Africain ». Un simple titre mais d'une portée pleine de sens, qui décrit le devenir africain, l'effet de l'influence étrangère, les effets positifs, les conflits de générations et la fausse route de certains panafricanistes, la politique ; en un mot le corps d'un être meilleur dans un esprit universel.

Déjà le début choque émotionnellement les esprits menant vers la grande question de la vraie valeur de la liberté, d'un Etat libre et d'un peuple libre !

Au matin, Nadjirou prend son bain et la nostalgie du café matinal auprès de sa Saphiètou lui revient à l'esprit. Un moment un peu perdu dans ses pensées. Il a honte et regrette d'être passé par là, d'avoir causé tant de malheur à Saphiètou mais se résout d'avoir été juste envers lui-même et reconnaissant son égoïsme propre.

L'amour, si la littérature le décrit si bien, reste tout de même un sentiment incompréhensible, incontrôlable, si possessif que le monde s'effondre après dans un silence, le cœur fond et l'esprit crie. Hélas, même pas une année et bonjour les problèmes. Pourtant tout a changé mais pas grand-chose dans sa vie. Elle a été bien absente la femme émancipée ! Bien des fois, tant de fois, trop même, en faisant de sa carrière sa priorité, sa vie à elle avant son mari ! Eh bien ! Adja célèbre et savoure ses succès en Europe et dans le monde francophone. Elle passe pour la nouvelle révélation de l'année et est devenue populaire très vite à travers les plateaux télé dès qu'on évoque les sujets comme la femme, la démocratie en Afrique, ou les nouveaux nantis du pouvoir… Dix courts mois de gloire et de joie qui se dressent devant elle. Elle se voit déjà en héroïne, une figure incontournable de la littérature et projette déjà un avenir plein de surprises.

Désormais, Nadjirou lui paraît être une contrainte qu'elle doit gérer mais ils vont avoir un enfant. Sa grossesse, presque vers la fin ; bientôt elle accouchera. Mais elle ne le dit point à Nadjirou pour ne pas rentrer.

Il imagine déjà le pire et commence à se poser des questions. Elle est restée dix-sept jours sans donner de nouvelles ; fallait-il être alarmiste ou positif ? Il se sent faible et trop passif devant sa femme et n'en comprend pas la cause. Comment en sont-ils arrivés là ? Quel est ce changement brusque en à peine quelques mois. Une sorte de guerre froide les empêche de dévoiler chacun les reproches. Avec des voyages imprévus, elle s'embarque sans se soucier de lui. Il fait semblant de s'en foutre. Au fond il en souffre en silence. Il ne se sent pas comme un mari normal, classique (Rires !). Il se sent figurant dans la vie d'Adja et rien d'autre. Elle n'en fait qu'à sa tête, se dit-il ! Il commence à regretter un peu de devoir vivre comme ça, loin de sa femme toujours en voyage. Quand il en a parlé à Mactar, il lui a juste répondu : « c'est le prix à payer auprès d'une femme intellectuelle ! »

Et Marième était là, la veille. C'était dimanche. Ils ont parlé, ont ri et ont beaucoup bu. Ils ont dansé, ont joué aux échecs, ensuite au scrabble et… Comme de petits adolescents se sont embrassés sans le faire exprès. Marième s'est précipitée alors pour prendre son sac pour partir.

Chapitre 17

« De loin, ils ressemblent à une drôle de bête à deux têtes et huit membres, une sorte de pieuvre agitée de soubresauts et de spasmes. Plus près c'est un incendie des épidermes. »
Bernard Werber, « l'Ultime secret »

Au matin, au milieu des bruits des claviers et d'un silence des voix, dans le feu de l'action d'une motivation matinale avec l'envie de faire bien son travail, tout est présent à l'heure, comme d'habitude. Il semble naître un cimetière où tous restent dans son petit coin qui sert de bureau pour travailler en paix. Et de temps en temps, un bonjour dit à haute voix rappelle la présence d'êtres humains.

- Passe au peigne fin ces dossiers, lui dit Marième, monsieur en aura besoin cet après-midi, c'est urgent.
- OK.
- Ça va ?
- Je vais bien.
- De mauvaise humeur, comme tu peux le remarquer, il m'a encore fait un bizarre sourire matinal, un petit sourire mesquin, je crois qu'il fréquente quelqu'un ?
- Qui ?
- Kamara
- C'est bien, donc il a retrouvé son cœur.
- Je sens que t'as encore fait une nuit blanche.
- J'ai fini mon roman !
- Ah bon, c'est super, on va fêter ça ; je t'invite ; il y'a un resto en bas de chez moi si tu veux discuter, histoire de te changer

les idées, insiste Marième.
- Je préfère dormir.

- Et si jamais tu changes d'avis ! À tout de suite, n'oublie pas le dossier, monsieur a insisté, c'est urgent !

- OK

Marième est plus qu'une amie avec qui il partage certains secrets et vice versa. Deux ans après sa venue dans l'entreprise, ses robes, son maquillage et cette allure glamour de grande dame n'ont point laissé le directeur indifférent. Tous ont compris qu'il cache sa maladresse devant elle ; son regard, tout le temps profond et préparé, le visage troublé, ses yeux lumineux et ses mots dispersés. Elle est le genre de fille qui cible leur homme dans une patience tenace. Mais nul ne l'intéresse autre que Nadjirou. Elle cache bien son jeu. Et l'incident de la veille en témoigne beaucoup. Ils ont fait semblant d'oublier et ne point évoquer la bêtise.

Marième s'éloigne avec le sourire et prend le premier couloir à sa gauche.

Une grande salle faite de cabines en bois : une table, un ordinateur, une confortable chaise, un tas de dossiers et de paperasses. Quelques effets personnels font le décor : une photo de lui prise il y a deux ans en France, un désordre de petits bouts de notes et d'adresses, de stylos, gommes, crayons. Dans les tiroirs, de vieux souvenirs de Saphiètou et de lui, ensemble avec le sourire, du bon temps passé ensemble, des moments uniques, de vifs souvenirs gardés malgré cette rupture. Tout est resté intact tel un monument invisible, un mur franchissable, un regret transparent, un petit murmure inavoué qui sauve désespérément de l'angoisse.

Sur cette photo elle est encore jeune dans sa robe moulante ; ses yeux inspirent un bonheur avec un sourire sorcier, bizarre, reflétant son air innocent et timide.

Il se souvient de son parfum, cet unique parfum qu'elle mettait à chaque fois, qu'elle aspergeait partout : ses habits, les meubles souvent ou bien les petits objets tristes, qu'elle bricolait de ses tendres mains, de ses douces et paisibles mains. Qui la connait mieux… ? Et sa voix tremblante de gentillesse qui disait tout le temps « pardon », paralysant le temps, son temps, ses mots, la démarche, l'atmosphère ; un sentiment incompréhensiblement ressenti ! Waw, il réalise !

Il ne sait pas pourquoi mais ils se retrouvent comme prévu avec Marième. Tous les deux. Entre s'ennuyer et se changer les idées, il a décidé de prendre les choses du bon côté. Marième lui a donné ses impressions sur chacun de ses personnages du roman ; ça lui a plu d'enrichir ses idées. Au plus profond de la nuit, ils sont restés ; vingt-trois heures déjà. Ils continuent !

Ils parlent de tout, des petits secrets, des sentiments communs, surpris tous deux et inavoués, ressentis et dissimulés dans les rires aux éclats et les regards perdus l'un dans l'autre.

Ils dansent, chantent, crient, et se laissent aller dans l'ambiance de deux êtres amoureux. Alors ils finissent au lit.

Un autre jour, un amour naissant à grands pas, une pâle faiblesse de se laisser aller souvent après les heures de travail. Rien de sérieux mais consenti et voulu. Un besoin de voir le monde devant un rideau d'illusions et de rêveries, un besoin d'être, d'exister pour soi, de parler ce langage animal sans se soucier de la conscience, des peurs et des multiples reproches des mœurs : l'hypocrisie d'une conscience qui ne se prive pas par principes religieux, ni par éthique propre mais par simple peur d'être huée ; comme la peur du loup de mauvaise foi à qui le maître confie des chèvres. Il suffit que le maître lui donne droit de vie ou de mort pour découvrir sa vraie nature ; lâche façon d'exister.

Eh bien, tant que ça fait régner un ordre le jour face aux scandales des théoriciens de la vertu.

Les sociétés apprendront à ne rester que des hommes avec des forces et des faiblesses, avec des croyances ou pas, à ne plus juger l'intimité, la folie de l'autre et respecter les principes de droits humains.

Chapitre 18

« ...et il reste à l'homme à conquérir toute interdiction
Immobilisée aux coins de sa ferveur
Et aucune race ne possède le monopole de la beauté,
de l'intelligence, de la force... »
Aimé Césaire, « Cahier d'un retour au pays natal »

DRINNNGGG ! Le téléphone sonne, c'est Adja, enfin.
- Bonjour chéri
- Bonjour, Allo Adja
- … Comment tu vas ?
- Comment veux-tu que je me sente après plus de deux semaines sans nouvelles de ma femme…
- Ça y est, j'ai accouché
- Comment, et, oui, quoi ?
- Notre fille est là dans mes bras, on a une petite fille, Nadjirou !
- Oh, Seigneur merci, waw, c'est super, et pourquoi tu m'as rien dit, bon je prends le premier vol te rejoindre !
- Non ce n'est pas la peine, je rentre jeudi et là ce sera pour me reposer pour un bout de temps, je viens de suspendre toutes mes activités.
- Seigneur j'ai une petite fille ! Une petite fille ! J'ai hâte de la voir, Mon Dieu je suis papa ! Waw je suis agréablement surpris, et quelle coïncidence je viens de finir mon roman,
- Ah bon, je peux le lire ?
- Bien sûr je veux que tu le lises avant de le présenter à un éditeur, je vais te l'envoyer après. En quelque sorte tes

impressions me seront utiles et puis je me faisais du souci pour toi et... Voilà ; mon Dieu, c'est incroyable ! Et toi comment tu te sens, t'as pas trop souffert,

- Non, ça va maintenant, mais je pensais à un moment donné que j'allais mourir...
- Je m'en veux tu sais, pourquoi tu m'as rien dit, il aurait pu t'arriver quelque chose, mon Dieu ! J'étais contre ce voyage, mais tu as tellement insisté ; je ne voulais pas qu'elle ait la nationalité française, notre fille ! Tu ne sais pas combien j'ai souffert de ton absence, et j'ai essayé d'appeler ton agent mais sans succès.
- L'essentiel est fait, notre enfant est en bonne santé, c'est ce qui compte.
- Elle a mes yeux et ton nez, toute mignonne, je te jure, elle est belle ! Je suis heureuse. Abdel est là avec toute l'équipe, je me suis fait des amies, elles m'ont toutes soutenue.
- Je ne voulais pas que tu accouches là-bas, le médecin n'était pas d'accord, je voulais partager ces moments avec toi et.....
- Je t'en prie, je risquais de perdre le contrat, et tu n'y es pour rien, c'est moi qui en ai décidé ainsi, c'était une sacrée folle idée de partir à l'aventure avec un bébé dans le ventre, je suis désolée..... N'en parlons plus OK ! Je t'envoie sa photo, notre petite chérie !
- OK, je finis le travail, ensuite on en reparle, embrasse ma petite Badiène de ma part !
- Oh tu penses déjà à Badiène Fama, moi j'aurai préféré un nom plus original, plus réfléchi.
- Bon un nom c'est un nom et rien de plus... Vérifie tes mails je viens de t'envoyer le manuscrit !
- OK mais là Il s'agit du nom de ma petite fille, elle sera spéciale comme ses parents !
- Ça c'est sûr !

- Et qu'est-ce que tu développes dans ton roman ?
- Je parle du panafricanisme comme d'habitude. Je veux une libération de l'intelligence africaine ; nos actes sont téléguidés.

106

L'intellectuel ne pense pas pour lui mais plutôt perd son temps sur ce que le monde extérieur pense de lui. Nos gouvernements jouent tout simplement les bons élèves pour des aides au développement qui nous appauvrissent de plus en plus, en réalité. Ousmane Sembène l'avait dit ; et c'est d'actualité jusqu'à présent. Ce livre est un appel à tous les Africains pour un panafricanisme fondé sur une vision du futur, loin de la haine et des critiques, loin des boycotts et des rebondissements dans le passé.

À travers ce livre, je veux qu'on médite sur le panafricanisme je veux qu'il soit projeté dans ce que le monde sera d'ici deux générations. Et pour cela il faudra d'abord qu'on s'organise, qu'on trouve un programme avec des objectifs ! Il faut que tous les intellectuels se réunissent en une organisation qui implique tout Africain, avec une carte d'identité africaine !

On se passera de ceux qui n'en voudront pas. Et bien évidemment ce sont tout simplement ceux qui, soit tirent avantage sur ces rapports entre l'Afrique et le monde extérieur, soit refusent leur combat ! Notamment nos élus, soient-disant présidents avec vingt à trente ans de pouvoir ! Le premier objectif sera de les renverser démocratiquement. Ils étouffent l'Afrique. Et de réussir à installer une monnaie ou des monnaies uniques, le dollar africain. S'unir pour exister dans l'économie mondiale. Je veux une intelligence africaine qui ait son droit de véto à l'ONU, qu'on finisse de décider pour lui. Je veux que l'Afrique ait son mot à dire, qu'on respecte ses idées, qu'elle ait une voix et une seule ! C'est vrai que l'idée des États-Unis d'Afrique avec un seul gouvernement est quasi impossible mais l'idée d'une intelligence commune des panafricains pour une voix des intérêts des États-Unis d'Afrique est possible et c'est une erreur de s'en passer car tôt ou tard, que ce soit cette génération ou une autre, l'idée resurgira et à ce moment on se dira tout simplement pourquoi personne n'a jamais osé l'entreprendre ! Kama doit participer aux débats et prendre part à la démocratie du monde !

-   WAW ! WAW ! Comment tu fais, je suis impressionnée ! Et je suis contente que tu appelles l'Afrique par son nom véritable, Kama ! Il faut que je lise ce manuscrit et tout de suite.

- Je développe en mettant des stratégies avec un programme bien détaillé ; d'abord contre les injustices de ceux qui nous gouvernent car ils sont les responsables de la plupart des guerres, soit pour le pouvoir ou des intérêts personnels, et ensuite je définis un modèle économique bien adapté à nos réalités et d'identités africaines parce qu'il faut combattre d'abord la pauvreté, enfin s'ouvrir plus au capitalisme avec des garde-fous, prendre place aux débats des problèmes du monde, en combattant les idées par les idées, ne serait-ce que pour le respect d'avoir son mot à dire librement sans œillères !
- Et comment tu comptes t'y prendre pour convaincre d'abord les nôtres ?
- C'est simple, il n'y a pas de magie. Il suffit tout simplement de se tourner vers une littérature engagée dans le sens positif, dans l'art, la musique, le cinéma et puis le promouvoir. Au début ce sera un bruit sourd et de plus en plus ça grandira à l'image de la négritude ! Et pour cela il faudra une production intellectuelle dans tous les sens, dans tous les domaines et les rendre visibles. Il n'est plus question de se battre pour une histoire mais plutôt pour exister !
- Bon… C'est peut-être tout beau tout ça mais il faudra beaucoup plus.
- Oui, c'est vrai que ça fait rire mais ne serait-ce que d'entamer une nouvelle conscience collective, peut-être quand les choses auront changé on sera tout simplement des exemples.
- C'est vrai !

- Les critiques vont pleuvoir, il y'en aura qui diront que ce combat est absurde ; et qui est l'ennemi ?
- L'ennemi, heu.., c'est nous, ce sont nos politiques, nos gouvernements ; il faudra les pousser à se réunir beaucoup plus, à laver le linge sale et partir sur de nouvelles bases avec le monde extérieur.

- Tu sais que tu es prétentieux !
- Je dérange oui !… Peut-être qu'il faut être fou pour changer l'Afrique ! Embrasse ma fille de ma part, à toute de suite…
- OK, je t'embrasse !

Il a fallu juste qu'il parle à sa femme au téléphone pour déborder d'inspiration. Il se sent heureux ; tout léger tout à fait comblé.

À ces instants précis, il trouve un sens à sa vie. Il pense à toutes ces années perdues dans l'errance et dans la recherche du moi sans se trouver.

La ville affiche tout son charme d'un vendredi ensoleillé ; un ciel doré avec des couleurs vives. Ville d'une simplicité superbe et intime qui déguise son décor dans ses bruits, son monde, ses magasins, ses immeubles, ses travaux inachevés et ses bousculades… Mais que la poésie berce dans son rythme de pas et de vitesse. Une ville nouvelle à ses yeux qu'il remarque soudain ; une qui lui tend l'inspiration à volonté. Une symphonie rythmique complice du trafic, ces embouteillages, cette énergie vitale qui incite à plonger dans l'action. Elle mêle dans son paysage de petits bouts d'histoire de ses révolutions, de ses morts, de ses amours, de sa nostalgie, de sa tradition, de sa conscience commune, de sa survie, de sa passion, de toute sa joie et de son souffle, de sa mode glamour aux traits universels et de tous ces visages qui résistent au quotidien. Et puis, elle ralentit dans certains coins de ses ruelles où de petites âmes déguisées en mendiants viennent troubler le décor. Une course contre la montre, une abondance d'adrénaline pour s'affairer aux petits boulots : vendeurs de casquettes, de paires de lunettes de soleil, de « café Touba », de chaussures ou fruits ; et, ils sont vieux, jeunes, enfants, grand-mères, fillettes… Bizarrement leurs marchandises s'estiment à moins de dix mille francs. En quelque sorte, ne serait-ce que pour dire « je travaille ». En vérité le fait de le dire représente leur dignité ! Sans eux, la ville étoufferait dans le silence ; on ne serait plus dans une vraie ville ; elle ressemblerait tout simplement à un musée de vestiges coloniaux dans une ambiance insoutenable et tout à fait morose. Et bien évidemment c'est de l'espoir qu'ils sont venus trouver en échange de cette énergie positive. Ça donne un sens à leurs vies.

Nadjirou décide de ne pas prendre l'autoroute cette fois pour s'enfoncer dans les ruelles, dans les moindres recoins, pour un maximum de détails. Drôle de façon de jouer les touristes dans sa propre ville. Et le choc ! Il découvre qu'il n'y connaissait rien en réalité. En pleine ville, des habitations en bois improvisées, des baraques, existent encore. Et ils disent tous dans leurs regards envieux et plein d'espoir « bonjour » d'une manière très gentille, avec un signe de la main, la main de la résignation.

Chapitre 19

« ... Il y a des mots-couteaux qui équarrissent le Cœur
Des mots-cailloux qui écrabouillent le crâne... »
Marouba Fall, « Corps d'eau »

Le soleil apparaît. Sa lumière intense lui transperce le visage suant de gouttes de stress. Les nouvelles ne sont pas bonnes. Il semble perdre le fil des choses dans cette logique de la vie : la création en excès ou le grand néant. Marième est enceinte ! Ah, les femmes ! Elles ont leurs petites manies pour se tailler une place dans la vie des hommes qu'elles aiment et qu'elles veulent posséder. Marième le lui dit la veille puisque Nadjirou avec le retour d'Adja semble tourner la page pour sa petite Badiène Fama. Il ne répond plus à ses appels en présence d'Adja, et se dissimule dans l'ombre pour ne plus affronter ce visage solitaire et désespéré, privé du seul être aimé. Ah, le salaud !

En démissionnant la veille, Marième lui laissa une enveloppe avec toutes les preuves de sa grossesse de trois mois et refuse tout avortement. Elle finit par lui rappeler ces dernières scènes d'humiliation qu'elle vécut. Cette façon de l'ignorer devant ses collègues ; qu'elle ne peut plus braver leurs regards, qui, dans leur façon de lui parler, lui font comprendre certains détails, que tout le monde sait qu'elle se donne à lui. Il a parlé d'elle, de ce qu'ils ont vécu et le secret a cessé d'être un secret.

Elle a démissionné pour ne pas affronter le regard de ses collègues quand ils sauront sa grossesse. Ils en riront, feront semblant de s'en désintéresser, jugeront ; ah ces hypocrites ! Ce sera l'ordre du jour des rencontres, des pauses café dans les couloirs avec de petits rires secrets.

Comment faire ? Si sa femme le découvre ce sera une catastrophe ! Adja en sera folle. Elle en sera folle. Elle s'en ira. Elle le quittera. Et les amis, les collègues, les parents… ? Ils diront que c'est la malédiction qu'il paye après avoir trahi son ex-femme. Quoi penser ? Il faut réfléchir. Ah ! Il a trouvé. Marième doit disparaître. Il faut lui donner de l'argent. Beaucoup d'argent. Elle le traitera de salaud, d'avoir abusé d'elle, d'avoir joué avec elle pour ensuite la jeter ainsi. Mais elle ne résistera pas à la somme pour accepter l'avortement. Et si elle refuse ? Il faudra la tuer. Oui ! L'attirer dans une chambre d'hôtel et l'asphyxier avec un oreiller après avoir fait l'amour. Et son enfant ? Il n'en veut plus. Lui qui voulait des gosses. Eh bien voilà ! Ou bien la rassurer et accepter. Lui offrir un foyer. Prendre une deuxième femme, l'épouser, pourquoi pas ? C'est permis, ici. Précipiter le mariage. Et personne n'en saura rien. Le mal est fait. Il faut assumer. Il faut dire la vérité quitte à tout perdre. Il faut avoir honte plutôt que vivre avec un masque toute une vie. Alors il décide de tout dire à Adja. Mais il lui faut du temps. Après tout c'est toujours beau d'avoir un enfant ! Et en plus c'est une bénédiction.

Oups ! Par un grand hasard Adja découvre au-dessous de son ordinateur portable l'enveloppe ; croyant au premier regard que c'était encore un nouveau chapitre qu'il venait d'écrire. Et puis booom : la dispute ! Il finit par avouer la vérité et se retrouve ainsi traité de tous les noms d'oiseaux… Son égo ne cède jamais aux excuses si facilement. Adja est une femme qui répond coup pour coup ; elle ne se laissera pas faire du tout ! Elle plie bagage pour disparaître comme une colombe avec sa fille.

Très vite, le monde peut s'effondrer d'un simple déclic, après une erreur de parcours quelque part, un battement d'ailes d'une abeille.

Le poids de toute cette fatigue charge son corps. Il n'avale plus rien depuis deux jours. En se dirigeant vers sa voiture, il ressent comme un malaise l'envahir pour le précipiter dans le sommeil. Il se dit qu'une fois chez Mactar, il essayera de se libérer l'esprit. En prenant la droite, quelque chose le surprend. Il se sent basculé, malmené puis, un grand trou noir. Un violent bruit donne l'ampleur du désordre effrayant : c'est un camion. Il sent sa tête cogner le pare-brise et cette douleur se répandre dans son corps, craquer ses os. Des murmures, de mots indéchiffrables l'envahissent, l'odeur âcre de la fumée, puis au bout d'un moment, il se sent libéré, soulagé alors finit par comprendre qu'il vient de faire un accident.

Un rêve étrange l'emporte alors dans un voyage à travers le temps. Il se revoit enfant, ses cauchemars, ses peurs, ses premières amours, l'université, la cérémonie de mariage, les griots, les lumières ; il revoit sa cellule de prison, ses camarades codétenus puis une immense joie et de beaux souvenirs. Les feux semblent s'éteindre emportant toutes lumières confuses, la passion et le silence de l'amour encore rouge, encore vif, encore présent viscéralement dans le souffle, le fantasme ; dans l'illusion absolue, le doute, la douleur et l'ivresse. Un fou désir inexpliqué, un désordre neutre, une souffrance profonde sans raison aucune, sans motif, un vide sans vide, une incompréhensible sensation de soif extrême de s'exprimer, de s'exhiber. Tout est devenu ennui ; tout perturbe, tout bavarde, tout semble prendre parti contre la vérité intérieure.

Nadjirou est submergé dans un profond coma. Il se passe cinq jours sans réaction, sans mot, sans émotion devant les amis, frères, collègues, et amours qui sont venus souffler son nom à ses oreilles. Ils ont parlé dans le vide, crié, pleuré, supplié mais le pouvoir de la vie impose son autorité et sa fermeté peut-être pour passer un message profond.

L'ombre cache tout. De l'autre côté, le revers de la vérité jaillit et révèle les secrets. De monstrueuses et mystérieuses formes aplaties contre les murs, leurs tailles démesurées dans l'immense infinité de leur univers, se tapissent comme des araignées dans leur coin. Elles déguisent la terreur, terrifient les diables et les créatures curieuses. Pour qui franchit le mur, le choc s'offre si terrible que la folie creuse un trou de mémoire pour y régner.

Au bout d'une semaine Nadjirou est tiré d'affaire mais son corps garde les séquelles de l'accident. Il ne peut plus marcher et les chances de retrouver sa mobilité restent infimes : il ne remarchera peut-être plus. Adja est partie, cette fois pour de bon. Elle a accepté un poste d'une ONG basée à New York. La nouvelle reste terrible pour Nadjirou qui se fait plaquer ainsi.

Mais Saphiètou est là ! Elle et Mactar se partagent les gardes. Elle le rassure après ses cauchemars, lui apporte de bons petits plats et veille à la prise de ses médicaments.

Marième aussi, vient passer du temps avec lui pour le rassurer. Il passe ses journées à réfléchir.

Du jour au lendemain, il se voit prisonnier d'un lit d'hôpital. Ses douleurs de dos ne lui laissent point l'occasion de rentrer chez lui. Les malheurs paraissent d'abord simples puis tout se complique, tout un univers s'effondre. Il perd son enfant, ses amours, son travail, ses jambes. Et Saphiètou dut convaincre difficilement son cœur pour s'occuper de son ex-mari. Elle s'est remariée comme troisième épouse à Farba, un vieil ami du couple qui se présenta pour avouer son amour désespéré depuis des années.

En s'adressant à sa Saphiètou, les larmes aux yeux, il dit :
- Qui décide pour les hommes ? Est-ce que les circonstances font que certaines faveurs nous sont impossibles à atteindre ? Pourquoi se retrouver aussi impuissant devant ce qui peut nous arriver, ce que nous risquons, ce qui nous menace ? Pourquoi on ignore tout de ses proches, même des êtres qu'on aime ?

Pourquoi la vie est aussi jalouse et ne se laisse contrôler ? Ou est-ce vrai qu'on attire tout ce qui nous arrive ? Qui gouverne le moi, la chance et installe le pessimisme ? Si c'est Dieu, pourquoi veut-il qu'on souffre ? Comment faut-il comprendre cette résignation forcée ?

- Tu sais, Nadjirou, je me pose aussi ces mêmes questions et je n'ai pas le courage d'attendre les réponses et sûrement le monde entier se les pose ; peut-être que ces réponses figurent dans une autre vie où elles n'ont rien à avoir avec Dieu ! Ou bien il nous rend meilleurs après chaque épreuve... Après notre séparation j'ai beaucoup souffert moi aussi, j'ai pris conscience de cette phrase que tu disais souvent : « la vie n'a pas de sens », et à un moment j'ai tenté de me suicider ; mais finalement je me suis dit que c'est parce qu'il y a toute cette souffrance qu'un agréable espoir existe ; à chacun son tour d'être éprouvé.

Chapitre 20

Enfin à la case de départ. Six longs mois de déprime sous surveillance médicale. Nadjirou retrouve ses jambes peu à peu au bout de six mois de rééducation. Il remarche à peine.

Son séjour à l'hôpital lui a laissé le temps de reprendre goût à la lecture et de griffonner quelques chapitres sur un nouvel essai. Personne n'entend ses cris de détresse qui tourbillonnent dans tous ses états au fond de son être le plus profond auxquels il tente d'échapper de toutes ses forces, comme désespéré dans la littérature. Il fuit à travers la lecture, l'écriture, en sublimant toutes ses contradictions, ses crises d'humeur. Ça lui permet de se battre au quotidien ; peut-être sa vie aurait été plus gaie, si Adja était restée à ses côtés pour le soutenir dans cette fâcheuse épreuve. L'esprit créateur de l'écrivain l'aide à se battre, à trouver des idées nouvelles, des raisons pour réorganiser sa vie et mettre de l'ordre dans son temps. Il s'évade, emporté dans un univers fictif, absorbé par le silence bruyant de mots, happé par l'immense illusion du bonheur des livres qui le détache du monde, de tout, d'elles, d'un monde parallèle ; un monde de mots, de passions, tout seul. Tout prend vie et forme. Il ne sent plus les douleurs ni le mépris, ni la joie, ni la solitude, ni l'arrogance. Un monde où, entre les pages, il fait connaissance avec des personnages et découvre leurs secrets et leurs ruses. « Fuyons, fuyons », lui répète son esprit. La magie est tout à fait liée à ces émotions livresques. Rentrer et reconstruire tout son entourage. Le geste de Saphiètou l'a profondément touché. Elle était là, présente, et pourquoi ? Est-ce de l'amour ou de la bonté ? Ou peut-être les deux, à l'image de la femme soumise ou libre ?

Adja, elle, toujours égale à elle-même, a fini par publier le manuscrit de Nadjirou sous son nom en se réclamant l'auteur. Dans une interview, elle relate l'importance du fait que l'Afrique doit s'approprier des progrès du monde extérieur en matière de démocratie et de croissances économiques et ranger de côté ses vieilles excuses d'avoir été colonisée et pillée, certes n'oublions pas l'histoire. Et le temps de démontrer la civilisation nègre est révolu. Elle dit ceci :

« Vu le contexte actuel, les enjeux pour être élu Président d'une République, les différences de langues, de mœurs, les conflits internes et le fait que certains pays soient plus stables, plus riches que d'autres en matières premières ou en ressources humaines, les États-Unis d'Afrique semblent être une utopie ! Mais restent bien possible avec un projet entretenu de génération en génération. Ce serait un grand retard de tout réunir à l'image des États-Unis d'Amérique vu les barrières, les différences des peuples, leurs convictions religieuses et traditionnelles dans la précipitation. Il faut du temps ! Le moment sera venu quand tous les peuples africains seront en harmonie et dans les dispositions de l'imposer à leurs dirigeants. La différence fondamentale avec les États-Unis d'Amérique est que l'Amérique est une terre d'immigration alors que l'Afrique est la terre des Ancêtres. Et cette dimension est importante puisque chaque Africain revendique fièrement d'appartenir à une ethnie, à un peuple et défend sa culture.

Mais ce qui reste plus logique, plus rapide et plus rentable pour l'Afrique c'est une union économique avec une ou des monnaies uniques et beaucoup de production ; incontestablement « money runs the world ». Une bonne stratégie économique renversera la tendance et l'Afrique sera en mesure de faire ses propres bénéfices pour ensuite les réinvestir. Il y a tant de choses à réaliser, tant de possibilités de retenir les jeunes et de leur

donner une formation adéquate et un emploi. Mais nos économies
souffrent devant le dollar et l'euro, les accords nord-sud...
Ce sera le moment donc d'arracher sa dignité au sein de l'ONU,
d'avoir un droit de « veto » comme un continent qui se respecte et
de décider de son propre sort, de sa propre justice, de ses propres
programmes de développement sans y être contraint. Le rôle du
panafricanisme actuel doit rester dans le fait que cette union
africaine soit possible. Que les présidents qui s'y opposent soient
combattus démocratiquement par les urnes, que tous les
intellectuels des états africains en fassent une exigence électorale,
qu'ils s'organisent en un mouvement pour défendre les intérêts de
l'Afrique et de la diaspora. Je vous remercie... »

Nadjirou en est resté pensif un moment et une immense joie le
gagne. Il comprend que le hasard a bien fait les choses. Lui plutôt
timide, il lui fallait Adja pour faire éclore tout le travail qu'il vient
de produire. Cependant Adja gagne tout en retour : les succès, les
interviews, les débats littéraires et le show qui a tenu en haleine
toute une élite. Elle a travaillé sa façon de parler, d'agencer ses
idées, d'apporter des solutions et de s'abstenir des questions
pièges.

Par ailleurs Nadjirou comprend que cette femme n'allait pas
s'enterrer dans son ombre. Puis il expose le profil de ces trois
femmes : Adja, Marième et Saphiètou et se rend compte à quel
point il est chanceux de les avoir rencontrées. Adja enchaine les
débats, les prix littéraires, les cérémonies et les conférences sur le
panafricanisme. Son livre, désormais, se vend à des milliers
d'exemplaires.

Dans son bloc-notes, Nadjirou écrit :

La femme est un océan
Bleu.
Elle cache le bien
Et le mal.

Elle ne connait point
De limites des deux extrêmes.
Elle désire.
Elle aime.
Elle pleure.
Elle souffre

Dans un tas de baisers
Elle châtie sévèrement
Par l'abandon
Par le silence
Et je les aime toutes
Comme elles sont.

Il écrit en vrac sans réfléchir. Marième lui vient à l'esprit et une goutte de larme atterrit sur ses lèvres.

La chose.
Juste au fond de l'amour il y a cette chose.
Cette folle et incompréhensible chose
Qui explose en mille morceaux au moindre feu...
Dans le fond de ses promesses délirantes
Une pensée sombre,
Fruit de nombreuses querelles en soi
La motive.
Le moi lui parle.
Ses bruits la percutent.
Une jalouse musique s'invente
Et enchaîne de jour à jour
Un cri tout au fond :
La chose grandit !
Elle grossit de sa taille et double de ses vices.
Elle change du blanc
Au rouge.
Elle bat au rythme de la nuit
Plus intense que la musique,

Plus libre que les mots,
Plus dense que le vide
Installé par l'émotion.
Elle change tout.
Ses fausses et inépuisables illusions du pardon
S'installent.
Elles s'ancrent dans le doute
Au point de refouler des montagnes
De non-dits.
Elles témoignent en silence
Tout bas
Aux ouïes peaufinées
Sans intermédiaire et interprètent
Les secrets d'un intime amour.
Rien ne les arrête,
Ces ouïes.
Rien. Même pas la chose.
Même injustement altérée
De bon sens et de nuisibles regrets.
Elle,
Cette chose est là,
Dans mes pires émotions,
Se gave de délices libertines,
Sanglantes et fleur bleue ;
Quitte à prendre le présent
Pour des vapeurs nostalgiques...
Enfin elle prend forme.
Elle libère sa laideur.
Tous ses traits farfelus de vieillesse.
Elle s'asperge de volonté
Pour corrompre sa puanteur et sa mauvaise haleine.
Elle se dissimule dans le regard et dans le sourire.
Elle s'évite le grand jour de l'amour
Et les mots simples comme
Aimer,
Danser,

Pleurer...
Et puis se perd dans ses belles rêveries.
Et dans mon intime secret
Je la cache cette chose,
Ma chose, la mienne
À l'abri de toute contamination.
Elle préfère suivre sa folie,
Tout son être,
Sa folle chose insensée dans l'espoir de repartir
À zéro
Dans les entrailles de ce conflit du moi
Pour un simple regard plaisant
Ou un quelconque sourire,
Je la mettrai en tranches :
Ma chose, mon cœur !

Chapitre 21

« ... Et il y a le maquereau nègre, l'askari nègre, et tous
les zèbres se secouent et leur manière pour faire tomber leurs
zébrures en une rosée de lait frais. »
Aimé Césaire, « Cahier d'un retour au pays natal ».

Adja a été assassinée dans son hôtel, elle et sa petite fille en pleine nuit. Elle a reçu cinq balles et sa fille deux. Il n'y a pas eu de témoin. Elles dormaient sûrement au moment des faits. Les draps, tachés de sang, le sol en désordre témoignent de toute la violence de la tuerie. Elle est morte et n'a point emporté sa parole. Ses discours refont surface témoignant d'une réelle fuite face à la sentence de la part des autres. Mais, peut-être qu'elle ne s'attendait pas à cette exécution aussi soudaine et brutale.

La nouvelle est d'une ampleur terrible. Finalement, au prix de sa vie, elle rejoint le cercle des panafricains assassinés pour leurs idées parce qu'ils ont osé dire tout haut ce que tous pensent, en réalité, tout bas. Voilà ce qu'on risque au pire des cas, la mort subite, des enquêtes n'aboutissant jamais devant une grande conspiration de coupables. Les meurtriers disparaissent facilement dans la nature ; la peur prend place, les idées périssent et la chanson ne finit jamais.

C'est ça l'Afrique, le monde ; Lumumba, Sankara et au plus récent Khadafi.

Tout le monde est conscient de ce qui se passe. Et les chefs d'Etat africains trop visionnaires sont tout simplement combattus par une opposition intérieure corrompue ou une rébellion installée. Et en plus, un chaos installé par des « extrémistes » surarmés, en déphasage avec la raison même pour ne pas citer les religions. Comment réussissent-ils à s'acheter des armes ? Qui fabrique ces armes ? Où trouvent-ils les moyens ? Qui est-ce qu'il faut accuser ?

Il l'apprend. Il en est abattu. Il crie. Il pleure. Il se soûle. Il fume. Il désespère. Il s'en veut.

Les médias font des pages spéciales relatant les faits, les discours et la grande marche synchronisée dans toutes les capitales africaines qu'elle a initiée pour les États-Unis d'Afrique.

D'interminables discours embrasent les cœurs à la révolte. Mais contre qui ? Ce qu'il faut, c'est ne plus jamais se taire pour créer une prise de conscience commune des peuples. Les critiques contre l'esclavage, le racisme et la colonisation ont fini par porter leurs fruits. Les futures générations n'accepteront plus jamais de dictature.

Il ne faut plus se taire. La parole reste une arme contre les passions et les ruses. Elle façonne la pensée et l'ambition, elle libère de l'extrémisme et des préjugés, elle adoucit les cœurs et dissipe la haine, elle corrige les erreurs et affranchit les esprits vers la maturité.

Dans son livre, Adja a écrit :

« Quand l'arme des sages s'use dans les impasses de la peur, l'intelligence chavire dans le chaos, dans la folie et dans les immondices. Cette dernière plutôt orientée vers la science exacte de la chose plutôt que le bien-être de l'humanité, se détourne des vraies questions d'un avenir meilleur. L'intelligence doit parler pour que cessent les « les bâtons dans les roues », pour que

cessent la faim, la pauvreté et le sauve-qui-peut ! Elle doit réclamer sa dignité, fuir le luxe, les tendances éphémères et penser le devenir de KAMA, de l'humanité, dépasser enfin l'histoire et se redresser. Les guerres inutiles, les rébellions, les révolutions anarchistes ou le silence et la soumission ne répandront que la haine. Sinon, comment reconstruire, rétablir, rééduquer et guérir l'après-guerre de la haine, l'après-guerre de la misère et de la faim, l'après-guerre du doute et de la peur ? Les panafricains doivent ressusciter et crier jusqu'à ce que le monde soit totalement contaminé. Ainsi viendra l'heure pour les États-Unis d'Afrique. »

En y réfléchissant Nadjirou en garde une grande déception. Il vient de perdre sa femme et sa fille. Pleurer ne les ramènera pas.

Adja finissait par :
« Au nom de l'honneur, il faut que la production intellectuelle soit dirigée en ce sens, que les vrais problèmes soient diagnostiqués, que de nouvelles idées adaptées aux valeurs africaines soient défendues et non importées. Faire la synthèse des différents points de vue, explorer les horizons du possible et de l'immédiat, prendre conscience du comment de la manière la plus organisée. Les ressources humaines ne manquent pas : il est temps de s'organiser. »

Des semaines après. Nadjirou reprend le cours normal de sa vie. Il est arrêté à de nombreuses reprises pour trouble à l'ordre public.

Quelques mois à peine, un grand sommet sur le panafricanisme est né ! Ils commencent à critiquer et réclamer le départ de tout dirigeant ayant fait plus de dix, quinze, vingt ans de pouvoir. Une vague d'indignation balaie les pays en l'espace de quelques semaines. Des agitations gagnent les pays concernés. La nouvelle génération veut du changement à n'importe quel prix. Les déclarations d'Adja ont fait tache d'huile et libèrent ainsi le courage de chaque citoyen. Finalement Nadjirou a pris les devants.

Il s'investit dans une lutte avec l'arme qui déterre « les cas de conscience », qui réveille le courage et qui propose la dignité : l'écriture ! La censure de son ouvrage a provoqué un courant d'écœurés : « les marionnettes ». Il faut corriger les rapports diplomatiques, installer l'équité, le respect et la non-ingérence dans les affaires d'État. Il faut refuser les programmes d'aide au développement qui privent certains états de leurs libertés de dire ce que pensent leurs peuples et non ce qui arrange les banques, ne plus accepter une économie qui repose sur la dépendance. Il faut se libérer de ces chaînes et se frayer un chemin, s'arracher un destin pour proposer quelque chose de plus précieux au rendez-vous du « donner et du recevoir » : la dignité ! Il faut cultiver la terre pour une autosuffisance alimentaire, ranger les cravates et les chemises, transpirer sous le soleil, arrêter les beaux discours, les multiples séminaires coûteux, inutiles et les guerres juste pour le pouvoir ; investir sur l'éducation et la formation et enfermer la mauvaise graine de mauvaise foi dans les ténèbres carcérales.

Et Adja conclut par :

« *Que finissent les promesses vaines ; que ceux qui ne réussissent pas soient jugés et condamnés pour escroquerie.*
Le chemin qui reste à faire doit être pensé, élaboré et débarrassé de toutes passions. Peu importe le temps qu'il faudra, nous ne nous tairons plus jamais, jusqu'au dernier.
Kama ne doit plus se taire ! »

Trois ans maintenant.

Mactar épouse enfin Cécile. Ils s'aiment. Ils se comprennent. Pourtant si différents. Leur union renseigne sur ce que sera le monde. Les peuples n'auront plus aucune barrière. Ils auront du sang nègre, russe, européen, américain, asiatique, arabe dans leurs veines.

On parlera alors d'un peuple universel. Les préjugés disparaîtront. Il n'y aura qu'un seul peuple alors. Qui occupera la terre. Qui n'aura plus besoin de franchir des barrières, de passer par le désert ou par la mer pour vivre son rêve.

Nadjirou a fini par se réconcilier avec Marième pour élever leur fils, Ibra. Ils s'aiment. Il marche déjà. Il sait dire « papa » et « maman ».

Depuis Nadjirou ne s'est plus tu. Il écrit. Il prend la parole. Il critique. Il éveille.

FIN

TABLE DES MATIÈRES

DU MÊME AUTEUR

- **Les humeurs de ma plume**
  Recueil de Poésie libre - Slam (100 pages) 2011
  Ed. Diasporas noires

- **Illusion salvatrice d'un verbivor : cœur rêveur**
- Recueil de Poésie libre (50 pages) 2012
  Ed. Edilivre